Günter Biemer • Albert Biesinger
Simone Hiller • Florian Nieser

anstiftungen

Ein Zweifel-Glaubens-Hoffnungsbuch für junge Menschen

mit Illustrationen von

Gunther Klosinski

Patris Verlag • Vallendar

Zu dieser Edition

Sinnsuche, Tiefschläge, Zweifel, Glaubenssuche, neue Perspektiven, Sinnstiftungen – Anstiftungen zur Reflexion, vor allem aber zum Handeln haben wir in den Texten der Bücher „anstiftungen“, „wegmarken“, „wagnisse“, „wandlungen“ und „verletzungen“ gefunden. Diese Reihe wurde in den 1980er- und frühen 1990er-Jahren von den Religionspädagogen Günter Biemer, Albert Biesinger und Werner Tzscheetzsch im Herder-Verlag herausgeben.

Glaube begegnet uns oft als Sinnsuche – diese möchten wir aus verschiedenen Perspektiven neu beleuchten und sie im Licht christlichen Glaubens erhellen. In vielem scheinen sie zu unserer Überraschung zeitunabhängig: Die teilweise vor 30 Jahren entstandenen Texte lesen sich wie Zeugnisse unserer alltäglichen Glaubenserfahrungen – ganz aktuell. Die wahrgenommene Aktualität der Texte der damaligen Bestseller haben uns als junge Religionspädagogen zu einer Neuauflage von Texten unter dem Titel des ersten Buchs der damaligen Reihe motiviert: anstiftungen.

In dieser Neuedition möchten wir die inzwischen betagten Texte neu zugänglich machen. Unsere Textauswahl haben wir sorgsam v.a. hinsichtlich der reformierten Rechtschreibung redigiert und durch neue Texte, die Jugendliche und junge Erwachsene für die „Kreuz und Quer“-Sendungen im SWR-Sender DASDING aufgenommen haben, ergänzt. Die Vielfalt der sprachlichen Ausdrucksformen ist uns Zeugnis nebeneinander stehender authentischer Erfahrungen. Wir können diese alten und neuen Texte in Fortsetzung biblischer Sinnsuchen und Glaubenserfahrungen deuten und so sind immer wieder auch Verse aus der Bibel integriert, aufgegriffen oder in Dialog zu den Texten der Autoren gesetzt.

Wir danken dem damaligen Herausgeberteam und allen Autorinnen und Autoren für die Zusammenarbeit, ganz besonders Gunther Klosinski für die Illustrationen und wünschen mit diesem Buch, uns und andere zu einem Leben aus dem Glauben anzustiften ...

Tübingen, im Frühjahr 2014

Simone Hiller und Florian Nieser

Uns hat die Resonanz dieser Texte in „anstiftungen", „wegmarken", „wagnisse", „wandlungen" und „verletzungen" überrascht. Dass diese Bücher zu Zehntausenden von Menschen verschiedener Altersstufen gelesen wurden, ist eine Sache – dass sich in der nächsten Generation junge Religionspädagogen damit erneut beschäftigen, Texte redigieren und vor allem wiederum Jugendliche um aktuellste Texte bitten, macht diese Neuauflage zu einem hochinteressanten Projekt zwischen den Generationen. Wir wünschen Ihnen – nach Jahren jünger oder älter – spirituelle Erfahrungen und Gottesberührungen.

Staufen im Breisgau, Tübingen, Freiburg, im Frühjahr 2014

Günter Biemer, Albert Biesinger und
Werner Tzscheetzsch

Notwendigkeit?

to
change
style
to
become
mad

Verlassenheit – Verheißung

Marieluise Sturm-Denzer

Tief in der Nacht
auf regennassen Straßen
gehst du durch die Kleinstadt.

Inmitten der Menschen
zieht der Schmerz des
Verlassenseins durch deinen
ganzen Körper.
Du möchtest dich anlehnen –
doch es ist niemand da.
Wo ist der Freund,
der neben dir geht,
wo die Freundin?
Wo ist der Sohn, die Tochter,
wo die Mutter?
Gott – auch du bist
in weite Ferne gerückt.
Das Wissen um deine Liebe –
hilft dir heute nicht weiter.

„Mein Gott, mein Gott,
warum hast du mich verlassen?“

Der Todespsalm Jesu

Ps 22,2–3; 5–8; 12

Mein Gott, mein Gott,
warum hast du mich verlassen,
bist ferne meinem Schreien,
den Worten meiner Klage?
Mein Gott, ich rufe bei Tag,
doch du gibst keine Antwort;
ich rufe bei Nacht und finde doch keine Ruhe. [...]

Dir haben unsere Väter vertraut,
sie haben vertraut und du hast sie gerettet.
Zu dir riefen sie und wurden befreit,
dir vertrauten sie und wurden nicht zuschanden.
Ich aber bin ein Wurm und kein Mensch,
der Leute Spott, vom Volk verachtet.
Alle, die mich sehen, verlachen mich,
verziehen die Lippen, schütteln den Kopf. [...]

Sei mir nicht fern, denn die Not ist nahe,
und niemand ist da, der hilft.

Verwandlung aus dem Verfall

Werner Tzscheetzsch

Noch gut erinnere ich mich an den Samstag vor meiner Erstkommunion. Mit meiner Schwester war ich auf dem Kinderroller in den Wald gefahren. Sie kauerte sich vorne aufs Trittbrett. Bei einer steilen Abfahrt stürzten wir. Schwer lädiert, aber glücklich vom gemeinsamen Spiel und Erleben gingen wir nach Hause. Erinnerungssplitter an gemeinsame Kindheit: Kämpfe und Vertrautsein, Abenteuer und Welterkunden, Zuneigung und Streit – wie es unter Geschwistern üblich ist.

Es war an einem Sonntag im Herbst. Ich lebte nicht mehr zu Hause bei meinen Eltern. Zusammen mit Freunden war ich übers Wochenende in den Schwarzwald gefahren. Dort erreichte mich der Anruf meiner Eltern: So schnell wie möglich solle ich heimkommen – meiner Schwester gehe es sehr schlecht. Sie könne nicht mehr richtig gehen, sie zittere am ganzen Körper – wenige Tage vor ihrem Sportabitur. Da lag sie nun auf dem Bett, lachte und weinte zugleich. Der Trost fiel noch leicht. Die Hoffnung auf Besserung war gewaltig, das Vertrauen in ärztliche Kunst ungebrochen. Wenige Tage später stand die Diagnose fest: Eine schleichend fortschreitende Nervenerkrankung macht die Zukunft düster. Abitur und Studium sind in weite Ferne gerückt. Wenige Monate später liegt sie, von massivem Medikamenteneinsatz gezeichnet, im Krankenhaus. Der Besuch fällt schwer. Trauer und Wut steigen gleichzeitig in mir hoch, übertünchen die Hilflosigkeit, die mich zu lähmen droht. Und gleichwohl die Hoffnung, dass es doch wieder gut werde – Hoffnung wider die Vernunft. Freunde, die zusammen mit mir meine Schwester besuchen, weinen auf dem Krankenhausflur. Junges Leben, unfassbar be- und verhindert.

Jahrelange Pflege wird notwendig. Meine Eltern leben bis zum Rand der Erschöpfung: Beide erkranken schwer. Meine Schwester muss in einem ihrem Kranksein entsprechenden Therapiezentrum untergebracht werden. Meine Besuche erfreuen sie. Obwohl sie kaum mehr in ihrem Sprechen zu verstehen ist, ist der Kontakt lebenswichtig. Sie freut sich, wenn ich ihre Hand streichle, ihr übers Haar fahre, ihr etwas zum Trinken einflöße. Und immer noch vernehmbar sagt sie liebevoll zu mir: „Mein Bär“ – einen Spitznamen, den sie mir erst vor Kurzem zugedacht hat.

Und wieder ein Sonntag: Besuch im Therapiezentrum. Meine Schwester liegt mit geschlossenen Augen, in Embryonalstellung gekauert, durch Kissen abgestützt in ihrem Bett. Hohes Fieber hat sie gepackt. Sie ist nicht ansprechbar. Gleichwohl bei mir die feste Zuversicht, dass sie mein Reden und mein Streicheln spürt. Ihr manchmal leise zu vernehmendes Wimmern verstummt, sie wird ruhig – sofern ich das von außen überhaupt beurteilen kann. Wie wird es weitergehen?

Und wieder einige Wochen später: Es geht ihr wieder etwas besser, sie nimmt mich wahr, nimmt Kontakt mit mir auf, weint laut, um dann wieder zu verstummen und dann stammelnd und staksend, kaum verstehbar, ihre Stimme zu benutzen: „Mein Bär!“

Da steh ich nun, ein Mann am Beginn des mittleren Lebensalters, Vater von drei munteren Kindern, gesund und tatenfroh, und bin stumm. Die Tränen sind zu intim, um sie jedem zu zeigen. Wie oft – so geht mir durch den Kopf – muss ich vom Leiden beruflich sprechen, und hier, hier erlebe ich es, und die Stimme versagt. Noch nie, nie in meinem Leben habe ich so inständig gehofft, dass Leiden wirklich der Durchgang sei zu einem anderen Leben. Ich wünsche es mir so. Für Sybille wird es sich, solange sie lebt, nur noch in winzigen Bruchstücken zeigen. Wenn sie wieder einmal lachen kann, wenn sie mit mir die Erinnerung an jenen Samstag vor dem Weißen Sonntag teilt, wenn sie auf die aufmunternde Erzählung manch unserer Kindheitsstreiche zustimmend nickt. Mir bleibt, sie ernst zu nehmen, die Kommunikation, die Berührung nicht abreißen zu lassen – und ich bin, während ich dies an meinem Schreibtisch schreibe, ganz bei ihr – gleichwohl so weit von ihr fort. Ich werde nie mehr so mit ihr zusammen sein können wie an jenem Samstag.

Ob dieses Leiden einen Sinn hat? Ich weiß es nicht. Nur eines weiß ich, fühle und spüre ich mit Gewissheit: Das kann nicht alles gewesen sein. Nein, auch Sybille hat ihr Recht.

Und eines Tages – jenseits von diesseitiger Zeit und diesseitigem Raum – werden wir zusammen mit einem Kinderroller einen Berg hinunterfahren, ohne zu verunglücken.

Berührung mit dem Tod

Albert Biesinger

Erst einmal brauche ich eine Minute, um es zu begreifen.

Das Kind, dem wir vor einigen Monaten bei der Taufe das Kreuzzeichen auf die Stirn gemacht haben, ist tot. Es hat einfach aufgehört zu atmen während des Mittagsschlafs. Die Mutter saß im Zimmer nebenan. Rettungsversuche schlagen fehl. Stundenlang geht seine Mutter im Nieselregen spazieren: „Vielleicht war sie gar nicht als Kind für uns gedacht, sondern eher als eine Botschaft. Aber welche?“ –

Das Mädchen liegt wie schlafend in seinem Bett. Betroffen stehe ich davor. Mir fehlen die Worte.

Ich mache ihm ein Kreuzzeichen auf die Stirn und fühle die Kälte des toten Körpers.

Der gekreuzigte Jesus auf dem Schoß seiner Mutter fällt mir ein: tot zur Auferstehung!

Einsamkeit

Günter Biemer

Es ist die Sehnsucht
nach Gespräch und Wärme,
die dich treibt.
Du lädst das Haus voll auserlesener Gäste,
sprichst und hörst
begierig voll Erwartung.

Gedanken flammen auf.
Du wirfst voll Sorgfalt Späne in das Feuer
und nährst die Glut mit Scheiten.
Ein kurzes Züngeln
Eine kleine Hoffnung;
ein allmähliches Erlöschen.

Raketen steigen auf
strahlend, farbig,
blendend und vergänglich,
Feuerwerk, das keine Spuren hinterlässt

Der Rauch verweht
und du sitzt einsam an den Tischen.
Die Stille, Dunkelheit und Kälte
sind ärger als zuvor.
Die Hoffnung, die dich füllte, –

Und was dir bleibt,
ist Sehnsucht nach Gespräch,
Geborgenheit und Wärme.

„Sie sind deine Kinder“

Albert Biesinger

Seit einigen Wochen liegt die junge Frau mit Leukämie in der Klinik. Nach der Geburt ihres zweiten Kindes kam die schnell wuchernde Erkrankung zum Ausbruch. Der Vater kämpft verzweifelt zwischen Beruf und zu Hause, um den zwei Kindern festen Halt zu geben. Jede Möglichkeit nutzt er, um am Bett seiner Frau zu sein. Eines Tages bricht sie in Weinkrämpfe aus und ruft, nachdem sie sich wieder fasst, die Namen ihrer beiden Kinder, sie wiederholt sie oft und oft. Nach über einer Stunde wird sie wieder ruhiger. Still und bedächtig sagt sie, Gott, sie sind auch deine Kinder, beschütze sie. So in Salzburg 1984. Innerhalb weniger Wochen ist die Frau tot. Gott, sie sind auch deine Kinder, beschütze sie. Das ist wie bei Jesus in Jerusalem um das Jahr 33: Ich habe den Menschen gesagt und gezeigt, wer du bist. Sie sind alle deine Kinder. Ich bin nicht mehr bei ihnen in der Welt. Ich lasse sie zurück in der Welt. Aber ich komme zu dir und bitte dich für sie. Heiliger Vater, Gott im Himmel, erhalte sie unter dem Schutz deines Wortes. Solange ich bei ihnen war, habe ich sie bewahrt, indem ich ihnen dein Wort weitersagte, und habe ihnen Schutz gegeben (nach Joh 17).

Jesus weiß, dass er an die zentrale Stelle seines Auftrages kommt. Sein Auftrag ist, dieser Welt zu zeigen, dass dieses Leben nicht mit dem Tod endet. Sein Auftrag ist es, dieser Welt deutlich zu machen, dass Gott durch den Tod selbst hindurchgeht, dass Gott sich nicht vornehm heraushält, sondern die Leidenden dieser Zeit, das unvorstellbare Leid, selbst durchblutet und durchstirbt. Jesus kommt uns im Johannes-Evangelium sehr nahe, wenn er betet „Ich bitte nicht, dass du sie aus der Welt nimmst, sondern dass du sie vor dem Bösen bewahrst“. Es ist der Abschiedsschmerz. Die Bedenken, wie es den Seinen wohl ergehen wird, wenn er nicht mehr da sein wird. Abschiedsleid ist ganz menschlich. Wie die Mutter, die zwei kleine Kinder, dazu ein völlig hilfloses Neugeborenes zurücklässt, das ganz der Mutter bedarf. Aber nicht nur Abschiedsschmerz, es ist auch Hoffnung in diesem Evangelium. Dass es weitergeht, dass es eine Geborgenheit gibt. Gott, sie sind auch deine Kinder, beschütze sie. Man muss solche Grenzsituationen erlebt haben, um mitzubekommen, dass das Leben geradezu danach schreit, sich auf Gott auszustrecken. Unser Leben steht und fällt damit, ob uns aufgeht, dass wir eingeschrieben sind in die Hand Gottes. Dass keiner zufällig lebt. Im Namen Gottes leben heißt, dass wir alle etwas Göttliches in uns tragen. Dass wir einen göttlichen Funken in uns haben, den uns Gott geschenkt hat, indem er uns ins Leben gebracht hat.

Gebraucht werden

Günter Biemer

Wenn mich einer fragt,
ob ich am Leben hänge,
ich muss sagen: Das ändert sich.

Leben –
Kinderaugen, Vogelstimmen,
Tautropfen auf einer Rose.
Zerbrechliche Kostbarkeit macht mich weich, offen,
voll Sehnsucht.
Leben –
Pläne, Verheißungen, Ziele.
Die Stimmung des Aufbruchs treibt mir das Blut
in die Schläfen.
Leben: Ich spüre, dass ich da bin,
die Erfahrungen der Buntheit der Welt und die
Herausforderung
zu neuen Ufern
machen mir Herzklopfen.

Aber wenn ich allein bin,
so allein, dass ich mich gar nicht mehr spüre,
wozu soll ich dann leben?

Wenn niemand mir die Hand auf den Arm legt,
wenn es egal ist, ob es mich gibt, was soll's?

Wie von weitem fällt mir ein,
dass mir einer die Hand auf den Kopf legte und
meinen Namen
sagte:
Ich bezeichne dich mit dem
Zeichen des Kreuzes.

Das ist doch seltsam, dass ich daran noch nie dachte:
Eigentlich brauchen die mich,
wenn sie es wirklich so meinen.

Allein sein

Christel Straub

Manchmal bin ich am Sonntagmittag allein zu Hause und weiß nicht, was ich mit mir anfangen soll. Manchmal komme ich abends nach Hause und habe Angst vor der leeren Wohnung. Ich tauche auf aus dem Meer von Gesprächen, Besuchen, Arbeit und finde mich allein.

Wie ist das heute Abend? Ein merkwürdiges Gefühl macht sich im Bauch bemerkbar. Angst? Ich schiebe es auf die Seite, rufe einen Freund an. Niemand da.

Ich spüre, dass mir das neu ist: gern einmal mit mir allein sein, mit mir selber auskommen, gut zu mir sein. Das erwarte ich eigentlich nur von anderen. Wieso soll ich es denn auch selber tun?

„Liebe deinen Nächsten wie dich selbst". Neuerdings wird bei der Interpretation dieses Jesus-Wortes viel Wert gelegt auf den zweiten Teil „wie dich selbst". Ist das nicht egoistisch und mit der Zeit auch langweilig?

Und doch: Ich versuche es. Ich lasse mich ein auf mich selber, zunächst wie auf einen Fremden: Ich höre mir selber zu, frage nach, warte, muss über mich selber lachen, staune, was ich alles denken kann, und fühle, ich versuche zu trennen zwischen dem, was ich wirklich will, und dem, was nur oberflächlich da ist. Aber da ist auch die Angst: die Angst vor den Ängsten in mir, vor den Wünschen, die nicht erfüllt werden, vor den Schwächen, die mir zu schaffen machen. Werde ich sie aushalten können? Wenn ich ehrlich bin vor mir selber, blättert dann nicht mein Selbstbewusstsein ab, meine Sicherheit?

Es hilft mir, mich daran zu erinnern, dass es Menschen gibt, für die ich wichtig bin, die mich gern haben, die auch meine Schwächen aushalten, die mir zuhören.

Aber in solchen Momenten ist auch die Tragfähigkeit meines Glaubens angefragt. Meines Glaubens an einen Gott, der die Menschen bedingungslos annimmt und liebt. Dieser Glaube befreit mich von dem Druck, perfekt sein zu müssen, und befreit mich dazu, ehrlich zu sein, auszupacken, genau hinzusehen, meine eigenen Entschuldigungen, Gründe, Verhaltensweisen zu durchschauen.

Ich kann das zulassen, was in mir ist, kann es sortieren, verarbeiten, „den Wolf umarmen“, wie Luise Rinser sagt, und feststellen, dass mich dieser „Wolf“ nicht frisst, wenn ich ihm in die Augen sehe. Ich spüre, dass mich dieses Alleinsein nicht von den anderen trennt und abkapselt, sondern wieder einmal nötig war, um klarer zu sehen, um ehrlicher ihnen gegenüber zu sein, um mich selbst in Beziehungen hineingeben zu können.

Und ich spüre, dass ich andere besser verstehe, weil ich mich selbst verstehe, dass ich anderen zuhören kann, weil ich mich selbst auch höre, und dass ich mich anderen öffnen kann, weil ich mir selbst gegenüber offen bin.

Ich habe Tagebuch geschrieben.

Seifenblasen

Nicolas Lang

Ein Raum voller Seifenblasen. Das habe ich im Museum erlebt. Was für ein schönes Kunstwerk, so leicht. Ich gehe hindurch und genieße es, wie die Seifenblasen auf meiner Nasenspitze zerplatzen. Ein kleiner erfrischender Tropfen bleibt auf der Haut zurück.

Einen Raum später versuche ich hektisch die Wasserrückstände von meiner Haut zu entfernen. Ich renne zur Toilette, um mir Gesicht und Hände zu waschen. Zu Hause werde ich zuerst einmal eine Dusche nehmen.

Denn ich bin geschockt: Auf der Infotafel zu dem Kunstwerk steht, dass das Wasser für die Seifenblasen aus einem Leichenhaus stammt. Dort ist es zum Waschen von Toten.

Ich ekele mich. Und im ersten Moment bin ich sauer. Die Künstlerin hat mich mit Leichen in Kontakt gebracht. Gegen meinen Willen. Ich frage mich, wieso ich mich eigentlich so heftig dagegen wehre. Schließlich tut mir das Wasser nichts. Es ist der Kontakt mit dem Tod, der mich so aufwühlt. Im Alltag schlage ich, wann immer möglich, einen Bogen um ihn. Hier kann ich nicht mehr ausweichen und eines wird mir schlagartig bewusst: Das Leben ist so zerbrechlich wie eine Seifenblase.

Endgültig

Clemens Schaub

Plötzlich
ist er da.

Du bist mit
deiner Maschine
tödlich
verunglückt.

Langsam
begreife ich:
Du bist einfach
nicht mehr da.

Und ich habe
immer gedacht
man könnte den
Tod
so auf sich
zukommen lassen.

Leben mit Vergänglichkeit und Tod

Günter Biemer

Wir machen Worte über den Tod, aber der Tod ist größer als alle Worte. Der Tod ist unaussagbar und unausdenkbar.

Nur eines ist groß wie der Tod: Das Schweigen.

Aus dem Schweigen kommen unsere Worte und dahin sinken sie wieder. Und das ist uns Trost, wenn wir angesichts des Todes sprechen.

Wäre nicht das Leben des Menschen einmal so zu sehen im Angesicht des Todes?

Eine unendlich weite Landschaft des Schweigens umgibt uns und nimmt alles auf. Nur wenige Kilometer über dem Erdboden endet jeglicher Laut. Von kosmischer Weite ist das Schweigen, das unseren Planeten umgibt.

Geborenwerden, Sprache lernen, Du sagen lernen, ich, wir, ich liebe dich, ich hasse dich, ich möchte es zu etwas bringen, ich habe es zu etwas gebracht, ich danke dafür, dass ich da bin, ich kann nicht mehr.

Sprechen lernen und Hören lernen bei Menschen sind die Zubringer für den großen Partner, dessen Gesprächspartner wir werden sollen in unserem Leben:

Gott.

Es ist so, als sei das Sprechen lernen notwendig, damit ein Mensch zu sich selbst kommt und das Wort vernehmen kann, das ihm aus dem Schweigen Gottes zugesagt wird.

Denn dann, wenn die Welt um uns ins Schweigen versinkt, und wir für diese Welt schweigen, hören wir sein Wort. Menschen sind uns vorausgegangen und umgeben uns, die sich in ihrem Leben solchem Schweigen ausgesetzt haben, nicht nur Mose, nicht nur Jesus Christus und nach ihm andere.

Im Schweigen des Menschen redet nur noch einer zu ihm. Darum hat sich Jesus vom Gespräch mit den Menschen in die Einsamkeit und Stille in die Berge zurückgezogen, in das Schweigen der Wüste, wo nur der Vater allein ihm gegenüber war.

Es ist ein ungewohnter Gedanke:

Wenn der Mensch für immer in das Schweigen versinkt, dann kann dieser EINE UND EINZIGE zu ihm reden, dann ist er nur noch Ohr für den geheimnisvollen Gesprächspartner, der dann ganz und ausschließlich zu ihm spricht.

Im Tod teilt sich Gott dem Menschen ganz mit, weil der Mensch ganz ungeteilt nun bei ihm angekommen ist und durch keinen Anspruch mehr von ihm abgelenkt wird. So stehen wir im Diesseits der verebbenden Geräusche angesichts des Sterbens vor einem Toten.

Ein Mensch mag uns bekannt sein.
Aber haben wir ihn wirklich gekannt?

Sein Schicksal, seine Sehnsucht, das Geheimnis seines Lebens, seinen ureigenen Lebensversuch zum Glück? Geht es uns mit den Toten nicht genau so, wie mit uns selbst, dass es niemand vermag, das Ganze unseres Geheimnisses zu erfassen, das wir sind?

Bleibt uns nicht letztlich das Wort aus, mit dem wir uns selbst – und noch weniger andere – zu erfassen vermögen.

Erst im Schweigen des Todes kommt das Leben eines Menschen zu seinem Ende, wird es vollendet.

Nun findet er sich ganz ein, nun wird er gefunden.

Stückwerk ist all unser Erkennen und Reden. Erst im Nachhinein werden wir erkennen, dass wir eh und je schon ganz erkannt und verstanden sind. (nach 1 Kor 13)

Warten auf den Tod

Christina Sick

Soll sie noch einmal an die Maschine? Noch einmal künstlich ernähren? Oder – wenn das Herz aussetzen würde – wiederbeleben? Meine Oma liegt im Sterben. Meine Familie und ich, wir warten mit ihr auf den Tod. Und warten fällt uns allen jetzt so schwer. Zwar hat sie wohl keine Schmerzen. Sie schläft nur seit Tagen wie ohnmächtig. Aber wir müssen das mit ansehen und können nichts tun. Nur warten.

Auch der Arzt kann nicht sagen, wie lange.

Die Ärzte wollen, dass wir entscheiden, welche Rettungsmaßnahmen sie noch probieren und was sie lassen sollen. „Die Hoffnung stirbt zuletzt", sagt mein Opa, und will, dass sie alles machen, was nur geht. „Lasst sie zu Hause sterben. Nierenversagen ist ein schöner Tod", sagt meine Schwester: Man schläft einfach ein.

Ich hab' nicht die perfekte Lösung, wie man mit einer solchen Situation umgeht. Die gibts nicht. Ich hab' drüber nachgedacht und es ist mir unglaublich schwer gefallen. Aber jetzt bin ich dafür, sie gehen zu lassen. In aller Ruhe und Frieden, zu Hause. Keine Rettungsversuche mehr. Ich weiß, dass sie dann für immer weg sein wird, und bei dem Gedanken ist mir zum Heulen. Aber ich hoffe, dass wir ihr so noch ein letztes Mal unsere Liebe und unseren Respekt zeigen können. Und ich klammere mich an die Hoffnung, dass es ihr dort, wo sie hingeht, gut geht, weil sie zu Gott geht.

Der tote Vater

Werner Tzscheetzsch

Daher beuge ich meine Knie vor dem Vater, nach dessen Name jedes Geschlecht im Himmel und auf Erden benannt wird. (Eph 3,14 – 15)

Mein Vater ist tot: Ausgestreckt liegt er auf dem Fußboden seines Zimmers, Schaum vor den Lippen, das Gesicht blau verfärbt. Der Notarzt hat die Wiederbelebungsversuche aufgegeben: Herztod. Ich bin allein. Ich beuge mich zu ihm und schaue ihn an: Szenen gemeinsamen Lebens ziehen in meinen Gedanken vorüber. Wie wichtig ist mein Vater für mein Leben, was hat er mir auf meinen Lebensweg mitgegeben? Fragen, die in der Unmittelbarkeit der Situation nicht klar zu beantworten sind. Doch eines wird mir deutlich: Mein Vater ist genauso wie ich auf jene Vaterschaft und jene Mütterlichkeit angewiesen, die nicht durch den Tod begrenzt sind. Darin sind wir uns bei aller Verschiedenheit und trotz der Vater-Sohn-Abhängigkeit gleich. Der tote Vater verweist mich auf jene Vaterschaft, auf die endgültig Verlass ist, auf der alles gründet und in der alles sein Ziel hat.

Zum Tod von Jakob, 8 Monate alt

Albert Biesinger

Es geht uns wie den Emmausjüngern, traurige, verhangene, verheulte Augen; alles ist am Ende; Ausweg und Trost nicht sichtbar.
Jakob, den wir mit besonderer Sorge und Liebe hineinbegleitet ins Leben, er ist im Tod für immer bei Christus.
Ihm sind schon die Augen aufgegangen im Lichte des erlösenden Gottes. Er hat es gut, vereint mit Gott, der ihm das Leben geschenkt hat und ihn nach so kurzer Zeit zu sich in die ewige Liebe geholt hat. Wer will wissen, ob ein Leben sinnvoller ist mit 80 Jahren oder mit 8 Monaten?

In Lateinamerika sagen Eltern, deren kleines Kind stirbt: Wir haben einen „angelito“, einen ENGEL, mit dem wir sprechen können. Jakob ist dieser Engel für uns, die wir ihm unsere ganze Liebe geschenkt haben.

Wo geht es hin?

Andreas Koch

Ich zähl die Runden, zähl die Stunden,
bis du im Himmel bist, es gibt kein‘ Tag,
an dem ich dich nicht vermiss‘.
Was mich an dich denken lässt,
ist was, was ich nie vergess‘,
ist die Hoffnung, ist der Geist,
der mir fast alles beweist.
Der mir zeigt, dass ich auch mal da bin,
wo du bist – hey, wo geht es hin?
Gib mir Sinn!

Liebe Marion,

Günter Biemer

offensichtlich enthält das innere Gespräch mit der toten Freundin, von dem Du berichtest, einen allgemein menschlichen Zug. Wer immer durch die Einbahntür des Todes einen Menschen verliert, der ihm wertvoll war, mit dem er vieles unternommen hatte, wird auch weiterhin mit ihm in Kontakt bleiben.

Du fragst, ob das eine wirkliche Beziehung ist? Von Dir her ist sie gewiss wirklich. Du erinnerst Dich an Dagmar so, wie sie immer für Dich gewesen ist. Vorherrschend wird in Deiner Trauer der Schmerz bleiben, dass ihr das Leben nicht gerecht geworden ist, dass sie ihren Anteil nicht bekommen hat, dass sie mehr verdient hätte. Es könnte auch sein, dass aus manchen Situationen, an die Du Dich erinnerst, so etwas wie Schuldgefühle aufkommen. Toten gegenüber ist man eher bereit, fair zu sein und großzügig, da sie selbst ihren Anspruch nicht mehr anmelden. Sie können uns nicht mehr dreinreden oder doch nur so wie „damals“, in der Weise, wie wir es schon kennen aus dem Umgang mit ihnen. In unserem Gedenken und in unserem Gedächtnis arbeiten wir im Nachhinein manches mit ihnen auf. Die Beziehung dauert also an; die Geschichte ist noch nicht abgeschlossen. Wir erhalten dabei noch Einblicke für unser eigenes Verhalten.

Ist es eine wirkliche Beziehung? Von Dagmar her kann ich das nicht sagen; denn sie ist aus unserer Lebenswirklichkeit ausgeschieden. Aber das ist nicht alles. Wir nehmen ja eine noch umfassendere Wirklichkeit wahr als die sichtbare und greifbare. Wie wir in unserer Erinnerung Vergangenes als gegenwärtig und lebendig erfahren, so können wir auch den alles tragenden Grund verspüren, der die Welt im Dasein hält. Wir können das Geheimnis des Lebens erahnen, aus dem alles entsteht. Aus dieser Lebenswirklichkeit, die die Wirklichkeit Gottes ist, ist Dagmar nicht ausgeschieden. Im Gegenteil: Sie ist in diese göttliche Lebenswirklichkeit eingegangen. Sie ist damit endgültig geworden. Alles Vergängliche, Vorläufige, Rätselhafte hat sie im Durchgang durch die Einbahntür des Todes hinter sich gelassen. So ist sie ganz zu sich gekommen. Das Geheimnis ihres Lebens ist ihr auf gegangen. Sie ist dem Geheimnis des Lebens, das wir Gott nennen, von Angesicht zu Angesicht begegnet.

Ja, unsere Beziehung zu den Toten ist so gesehen eine wirkliche Beziehung. Tote Freundinnen und Freunde gewähren uns einen neuen Bezug zum Geheimnis des Lebens, zu Gott.

Liebe Marion, Dein und auch mein Leben ist durch den Tod von Dagmar, die wir beide gekannt haben, auf der einen Seite schmerzlich ärmer geworden – und darum kann uns auch niemand die Trauer nehmen. Aber andererseits hat Dein und mein Leben durch ihr Sterben auch eine neue Beziehung gewonnen. Es ist eine Beziehung zu dem, der allein auch mit den Toten solidarisch ist, weil sie bei ihm „ankommen", endgültig ihre Bleibe haben, Endgültigkeit besitzen. In gewisser Weise ist uns, die wir im vorläufigen Leben unterwegs sind, Dagmar nur vorausgegangen.

Die Vorstellung, dass unsere Beziehung zu den Toten volle Wirklichkeit hat, ist nicht zweifelhaft, außermenschlich, sondern göttlich.

In alter Verbundenheit

Dein Günter Biemer

Nummernkreuz

Nicolas Lang

Angela ist in einem Armenviertel in Brasilien geboren.
Im Alter von 16 stirbt sie plötzlich.

Weil die Familie kein Geld fürs Kühlhaus hat, muss die Beerdigung noch am selben Tag stattfinden. Ein Teil der Familie versucht ordentliche Kleidung für die Tote aufzutreiben, während der Rest so schnell wie möglich alle Verwandte in der näheren Umgebung informiert.

Gegen Abend zieht ein klagender Pulk zum Friedhof, wo Angela in einem schlichten Sarg aufgebahrt ist. Der Sarg steht auf einem Betonklotz. Verwandte und Bekannte haben zehn Minuten, um sich von ihr zu verabschieden, denn die Totengräber stehen schon in den Startlöchern. Angepackt, und los geht es über die frischen Grabbeete bis zu einem Loch. Dort wird sie verscharrt.

Kein Priester, kein Lied oder Gebet. Nicht einmal ein Blumengesteck.

Sie rammen ein Betonkreuz in die Erde. Ohne Name und ohne Datum, sondern nur mit einer roten Nummer.

Angela ist Nummer 211.

Hoffentlich ist Angela im Himmel mehr als eine bloße Nummer.

Sinnperspektiven

Todesangst

Werner Tzscheetzsch

Jesus Christus ist Mensch geworden und ist durch den Tod gegangen, „um die zu befreien, die durch die Furcht vor dem Tod ihr Leben lang der Knechtschaft verfallen waren“. (Hebr 2,15)

[...]

Jesus ist in den Tod und durch ihn hindurch gegangen, Gott hat sich dem Menschen in der äußersten Verlassenheit gleichgemacht – eine Solidarität, die zu neuem Leben geführt hat. Dieser Glaube entlastet mich von der ängstlichen Sorge, dass letztlich mein ganzes Leben umsonst sein könnte.

Rap des Lebens

Andreas Koch

Mein Leben ist Gefühl und Liebe,
Kein Mix aus Angst und dunkler Triebe.
Ich steh nicht auf Konsum und Geld,
Sinn ist, was mich am Leben hält.

Ich meine ganz genau zu wissen,
Dass Gott nicht da ist, um zu dizzen.
Er ist nicht da um mich zu stressen,
Oder mir schlechte News zu smsen.

Er steckt in allem, was mir Glück bringt,
Zum Beispiel da wo Eißfeldt mitsingt.
Was ich hier texte ist kein Scheiß,
Sondern Vertrauen und Beweis.

Ich sage klar, was ich so denke,
Und Gott ist wie für Pferde Tränke.
Er ist wie Wasser, das erfrischt,
Nich' einer, der Lügen auftischt.

Er zeigt genau, wozu ich lebe,
Warum ich allzu oft mal schwebe.
Warum ich an 'nem Mädchen klebe,
Und ich ihr dann mein Herz hingebe.

Er mag mich, das weiß ich auf jeden,
Egal ob Polen oder Schweden.
Denn warum sonst hätt' er's gegeben,
Dieses Geschenk, ich mein' das Leben.

Die Sehnsucht nach dem Gelingen des Lebens

Günter Biemer

Wie wird es ausgehen mit deinem Leben, mit unserem Leben, mit dem Leben der Völker? Große Fragen von alles umfassender Bedeutung. Und die Antwort? Am letzten Sonntag vor Advent feiern Christen das Fest von Jesus Christus dem König. Mit diesem Fest halten sie Ausschau nach dem Kommenden, der die ganze Welt verändert, verwandelt, vollendet; so wie es in einem uralten Gebet heißt:

„Du hast mein Klagen in Tanzen verwandelt; hast mir das Trauergewand ausgezogen und mich mit Freude umgürtet." (Ps 30, 12)

Welche Berechtigung haben Christen, so zu denken und solche Hoffnungen zu hegen? – Der Grund dazu liegt im Leben Jesu von Nazareth. Er hat in den wenigen Monaten, die von seinem Leben bekannt sind, einen Lebensstil geprägt, Handlungen vorgenommen, Dinge gesagt, die unverwechselbar und einmalig in der Menschheitsgeschichte waren und sind.

Jesus hat weder alle Kranken geheilt, noch alle Toten erweckt zu seiner Zeit, noch verhindert, dass die Erweckten so wie alle anderen gestorben sind. Er hat vielmehr mitten im Ablauf der Menschheitsgeschichte für kurze Zeit einen Bereich sichtbar gemacht, in dem es so zuging, wie es nach Gottes Willen im Leben von uns Menschen zugehen sollte. Einen Bereich ohne das Böse, den Bereich Gottes oder, wie andere sagen, Gottes Reich. – Wenn Gott diese Welt einschmilzt, verwandelt, vollendet, dann wird dieser sein Bereich den Menschen das unverkürzte Leben eröffnen.

Jesus hat die Lebensbedingungen der Neuen Welt proklamiert und dazu aufgerufen, sie schon hier und jetzt zu verwirklichen. Dabei hat er alle Menschengruppen eingeladen, die er vorfand. Auch und gerade die sozial deklassierten, die bei anderen nichts gegolten haben. Auch Menschen, die wegen ihres problematischen und schlechten Lebenswandels von anderen abgeschrieben wurden,

Zollwucherer und Dirnen, Jesus hat sie nicht abgeschrieben. Er ist auf sie zugegangen und hat sie sogar in seinen Kontaktkreis aufgenommen. Nicht um zu sagen, das, was ihr macht, finde ich gut, sondern um zu sagen: So wie ihr seid, sollt ihr nicht bleiben, verändert euch; denn alle müssen sich verändern, wenn sich das Näherkommen Gottes zeigen soll.

Bekanntlich hat Jesus die Regel aufgestellt, dass in den Notleidenden er selber Not leidet und jeder, der einem Armen hilft, ihm hilft. „Kommt ihr Gesegneten meines Vaters“ wird er beim Anbrechen des Gottesbereiches sagen zu allen, deren Leben voll Kummer ist, die zu kurz gekommen sind, um die sich keiner kümmert, aus denen man kein soziales Prestige schlagen konnte, mit denen kein Staat zu machen war. Und da wird es nicht nur die Rede geben: ich war nackt, und du hast mich gekleidet, ich war hungrig, du hast mich gespeist, ich war fremd, und du hast mir Orientierung gegeben. Es wird eine endlose Kette solcher Entdeckungen geben: Ich war am Ende mit meinen Lebenshoffnungen, und du hast dich meiner angenommen. Ich habe mich durch tausend Kleinigkeiten der Werbung und der Massenmedien ablenken lassen, und du hast mich zum Allerwichtigsten, zur Geschichte meines Herzens, geführt. Ich war zerstreut in dieser Welt herumgelaufen, und du hast mich nachdenklich, besinnlich und zu einem gesammelten Menschen gemacht. Ich habe unbeteiligt in den Tag hinein gelebt und war den Oberflächlichkeiten des Konsumlebens verfallen, und du hast mich auf das Entscheidende und Größte im Leben aufmerksam gemacht: auf das Geheimnis meines und unseres Lebens.

Vom Tauben, der hören konnte

Bernhard Kraus, nach Mk 7

Als der Taube plötzlich wieder
hören konnte,
erschrak er.
So viele Stimmen
stürmten auf ihn ein.
So undurchdringlich war
der Lärm der Leute.

Bald schon hatte er gelernt,
mitzumachen
beim unverbindlichen Gerede
und mit vielen Worten
das Wesentliche zuzuschütten.

Doch –
manchmal sehnte er sich danach,
wieder schweigen zu können,
nur von Stille umgeben zu sein
und in das Schweigen hineinzulauschen
und zu warten
auf das eine, lebendigmachende,
erlösende Wort.

Das Herz von Jenin

Judith Kottlorz
(nach einem Text auf der Internetseite
der virtuellen Diözese Partenia)

Vielleicht habt ihr erfahren, was im Flüchtlingscamp von Jenin geschehen ist? Achmed, ein zwölfjähriger palästinensischer Junge, spielte auf der Straße mit den Geschenken, die er zum Ende des Ramadans erhalten hatte. Aus Versehen haben ihn israelische Soldaten ins Visier genommen. Er ist im Krankenhaus gestorben. Seine Eltern wollten die Organe ihres Sohnes spenden. *„Wir möchten der israelischen Gesellschaft eine Friedensbotschaft senden...“. – „Die Soldaten haben meinen Sohn getötet, der bei guter Gesundheit war. Wir möchten seine Organe denen geben, die sie nötig haben“, hat der Vater gesagt.*

Und die Mutter fügte hinzu: „Ob der Empfänger Palästinenser oder Israeli ist, stellt für uns kein Problem dar.“
Zwei jüdische Kinder und ein drusisches Mädchen haben Achmeds Lunge, Leber und Herz erhalten.

Das gibt uns Hoffnung.

Sei ohne Furcht

Jes 43,1–5; Mt 6,28–33; Lk 12,27–32

Das kleine Volk Israel war in aussichtsloser Lage, verschleppt und versklavt, als ihm Gott durch seinen Propheten diesen Trost als Verheißung zusagte: „Fürchte dich nicht, denn ich habe dich ausgelöst, ich habe dich beim Namen gerufen, du gehörst mir.

Wenn du durchs Wasser schreitest, bin ich bei dir, wenn durch Ströme, dann reißen sie dich nicht fort.

Wenn du durchs Feuer gehst, wirst du nicht versengt,
keine Flamme wird dich verbrennen.
Denn ich, der Herr, bin dein Gott,
ich, der Heilige Israels, bin dein Retter...
Ich gebe für dich ganze Länder ...
Fürchte dich nicht, denn ich bin mit dir.“
(Jes 43,1–5)

Jesus zeigt, dass dies beispielhaft für alle gilt und gelten wird, die sich von Gott leiten lassen, auch wenn das nicht die große Zahl ist. Er sagt:

„Seht euch die Lilien an: Sie arbeiten nicht und spinnen nicht. Doch sage ich euch, selbst Salomo war in all seiner Pracht nicht gekleidet wie eine von ihnen. Wenn aber Gott schon das Gras so prächtig kleidet, das heute auf dem Feld steht und morgen ins Feuer geworfen wird, wie viel mehr dann euch, ihr Kleingläubigen! Darum fragt nicht, was ihr essen und was ihr trinken sollt, und ängstigt euch nicht! Denn um all das geht es den Heiden in der Welt. Euer Vater weiß, dass ihr das braucht. Euch jedoch muss es um sein Reich gehen; dann wird euch das andere dazu gegeben werden.“
(Mt 6,28–33)

„Fürchte dich nicht du kleine Herde!
Denn euer Vater hat beschlossen, euch das Reich zu geben.“
(Lk 12,27–32)

Verwandelte Enttäuschungen. Gedanken zu Emmaus

Wolfgang Dinger

Sobald ein Mensch lebt, lebt er auf etwas hin. Man kann das schon beim kleinen Kind sehen: Obwohl es noch nicht über sich nachdenken kann, handelt es bereits zielstrebig. Seine Wünsche, sein Verlangen leiten es. Wir bemerken vor allem bei uns selbst, was Wünsche und Sehnsüchte für unser Leben bedeuten. Sie bewirken Veränderung und Entwicklung; machen, dass das Leben weitergeht. So erfahren wir uns bewegt von der Erwartung neuer, vollkommenerer, ungeahnter Lebensmöglichkeiten. Das ist gemeint, wenn von Hoffnung die Rede ist, ohne die keiner leben kann. Nur wer etwas hofft, lebt.

Wir wissen aus Erfahrung, dass nicht jede Erwartung erfüllt wird, dass Hoffnungen auch enttäuscht werden können. Wer lebt, erlebt auch Enttäuschungen. Sie bringen Stillstand in etwas, was uns vielleicht stark bewegt hat. Sie setzen Endpunkte, die für die Beziehungen, die sie beenden, manchmal endgültig sind. Eine Enttäuschung ist wie ein Tod in uns, den wir erleiden mit Gefühlen von Ohnmacht, von Trauer und Wut, von Verzweiflung, von Resignation, von Verhärtung.

Für viele Menschen ist die Kirche eine Sache, die sie enttäuscht hat. Sie sind am Ende damit; mit allem, was Kirche ausmacht: Pfarrer, Gottesdienst, Gemeinde, manchmal auch mit dem Glauben überhaupt. Für einige Menschen ist das unwiderruflich. Sie machen nicht mehr mit, gehen einen anderen Weg. Sie erwarten sich nichts mehr davon. Es gibt Anzeichen dafür, wo sich Enttäuschung breitmacht. Sie schwingt mit, wenn z. B. jugendliche Schüler sagen:

„...habe noch keine Erfahrungen gemacht, die mich zur Kirche führen könnten."
„Unter dem Wort Kirche kann ich mir nichts Positives vorstellen."

„Ich denke in erster Linie an den Klerus mit seiner Rückständigkeit.“
„...an das Gerede von Himmel und Hölle und die organisierte Panikmache der Kirche.“

Sie verbirgt sich in den Aussagen von Jugendgruppenleitern, die ihre Erfahrungen mitteilen:
„Wenn man etwas machen will, fehlt es bei denen (gemeint sind Pfarrer und Pfarrgemeinderat) an Verständnis, oder wenn man darf, reicht das Jugendheim vorne und hinten nicht.“
„Wir möchten mit jemandem über unsere Probleme sprechen können. Aber wer hat denn hier schon Zeit für uns?“

Ein Jugendpfarrer schreibt über seine Erfahrungen:
„Ich möchte nicht von einer religiösen Welle bei heutigen Jugendlichen sprechen – es gibt zu viele, die in dieser Hinsicht auch völlig uninteressiert sind, aber es gibt zweifellos bei vielen Jugendlichen in unseren Gemeinden echte Erwartungen an die Kirche, die Sonntag für Sonntag enttäuscht werden.“

Ich finde mich in vielen dieser Aussagen wieder. Sie verweisen auf Erfahrungen, die ich auch gemacht habe. Ich kenne die Gefühle, die das auslöst: Man möchte den Bettel hinschmeißen und der ganzen Sache den Rücken kehren. Es ist meine Erfahrung dabei, dass mich gerade dort, wo ich sehr engagiert bin, eine Enttäuschung am empfindlichsten trifft. Da bin ich viel verletzlicher in meinen Gefühlen und Ansichten. Umso unmittelbarer und radikaler spüre ich meine Reaktionen aufsteigen. Da geht es an die Wurzeln.

Manchmal denke ich in solchen Situationen an die Geschichte von den beiden Emmausjüngern, die im Lukas-Evangelium (Lk 24,13 – 35) berichtet wird:

Diese Geschichte schildert die Enttäuschung zweier Männer, die Jesus gefolgt sind und an den Ostertagen in Jerusalem erleben mussten, dass das, was sie sich von ihm erwartet hatten, seine Offenbarung als machtvoller Messias nämlich, mit Jesu elendem Tod geendet hatte. Jetzt verstehen sie die Welt nicht mehr. Ihre ganze Hoffnung ist zunichte, da der Retter Israels, den sie sich vorgestellt und ersehnt hatten, nicht gekommen ist. Sie kehren deshalb dem Ort des Geschehens den Rücken und gehen weg von Jerusalem. Ihr Weg ist wie eine Flucht vor der unausweichlichen Realität, dass Jesus tot ist. Voller Trauer reden sie unterwegs über die verwirrenden und enttäuschenden Erfahrungen vom Sterben Jesu. Sie können nicht wahrhaben, dass die Hoffnungen, die sie in ihn gesetzt haben, mit ihm begraben sind. So erkennen sie auch nicht ihren Wegbegleiter, der sich ihrem Gespräch zugesellt. „Sie waren wie mit Blindheit geschlagen."

Zwischen ihm und ihnen steht ihre tiefe Enttäuschung, die sie in ihrem alten Denken über Jesus gefangen hält. Sie kommen erst davon los, als er ihnen aus der Schrift erklärt, „warum der Messias das alles leiden musste". Jetzt können sie sich auf den Fremden einlassen und bitten ihn, bei ihnen zu bleiben. Beim Mahl erkennen sie in ihm Jesus an der Geste des Brotbrechens. Der Gast, den sie eingeladen hatten, tut, was Sache des Gastgebers ist: Er bricht ihnen das Brot. Da gehen ihnen die Augen auf. Sie erkennen Jesus daran, dass er für sie sorgt. Jetzt bekommt ihre ursprüngliche Enttäuschung, mit der sie von Jerusalem weggegangen sind, eine neue Dimension. Sie wird zur Enttäuschung von den alten Vorstellungen, zur Desillusionierung. Indem sie die neue Wirklichkeit Jesu akzeptieren, indem sie ihn nicht auf ihre Heilserwartung festlegen, wird er für sie lebendig. Die alten Hoffnungen sind entlarvt als falsche Hoffnungen; ihre Erwartung erkennen sie als Erwartung nach Erfüllung der eigenen Wünsche, die keinen Raum für das Wirken des Auferstandenen ließ.

Enttäuscht sind sie von Jerusalem weggegangen; „enttäuscht von ihrer Täuschung" kehren sie wieder dorthin zurück. Das gemeinsame Mahl bewirkte die Umkehr. Sie können sich von ihren illusionären Vorstellungen trennen und entdecken, was letztlich trägt. Sie können sogar, zurückgekehrt an den Ort des Schreckens, ihre Erfahrung mit dem lebenden Jesus den in Jerusalem verbliebenen Jüngern mitteilen. Dabei erfahren sie, dass der Ort des Todes auch der Ort der Auferstehung ist, denn den Jüngern in Jerusalem war Jesus bereits begegnet.

Die Wirklichkeit ist in der Emmaus-Geschichte offen für überraschende Erfahrungen. Den mit Blindheit geschlagenen Jüngern gehen die Augen auf. Die Abkehr von den alten Erwartungen schafft Raum für neue Einsichten, Erfahrungen, Hoffnungen. Sie sehen neu, worauf es ankommt, und können sich auf diese veränderte Sicht der Wirklichkeit einlassen. Indem sie ihre vordergründige Hoffnung begraben, finden sie neues Leben. Für unsere Erfahrung mit dem Leben ist daran wichtig, dass die Jünger den Umweg nach Emmaus brauchen, um neuen Lebensmut zu schöpfen. Wie für Tod und Auferstehung Jesu gilt auch für sie, dass es kein neues Leben ohne die Erfahrung des Todes gibt, die bei ihnen eine Erfahrung von großer Hoffnungslosigkeit und Resignation ist. Aus der tiefen Enttäuschung erst wird ihnen die neue Sicht der Dinge zuteil. Gerade dort, wo die Vergangenheit die Gegenwart verdunkelt, ereignet sich die entscheidende Veränderung. Die beiden machen die Erfahrung, dass scheinbar Endgültiges veränderbar ist. Sie selbst werden verändert und kehren um.

Der Hinweg nach Emmaus ist uns vertraut. So weit reichen unsere Erfahrungen oft: Enttäuschungen verstellen uns den Blick, wir erstarren in festgefügten Erwartungen, unsere Hoffnung erweist sich als vordergründig, wir geraten in eine Sackgasse. Die Erfahrung von Emmaus zeigt, dass Enttäuschung nicht in Sackgassen enden muss. Sie kann auch ein notwendiger Umweg sein, der zu neuen Aussichten führt.
Aus Trauer und Resignation kann neuer Lebensmut entstehen. Die Enttäuschung muss nicht das Ende von allem sein. Eine unerwartete Erfahrung kann in das Leben einbrechen. Der Tod im Leben, die Beziehungslosigkeit zwischen Menschen, kann aufgebrochen werden für ungeahnte Lebensmöglichkeiten. Das geschieht nicht in den gewohnten Bahnen unseres Denkens, sondern durch Veränderung, die uns selbst nicht ungeschoren lässt. Neues Leben findet sich nur im Aufbruch, in der Umkehr und Hinwendung zum Leben. Manchmal haben wir das Glück dieser Erfahrung. Sie ist ein Schatz, von dem wir zehren können, wenn es dunkel in uns ist. Wir wissen dann, dass es etwas anderes ist, mit offenen Augen zu leben. [...]

Vom Ende der Gewalt

Mk 10,42–45; Mk 9,36f.

Jesus sagte: „Ihr wisst, dass die, die als Herrscher gelten, ihre Völker unterdrücken und die Mächtigen ihre Macht über die Menschen missbrauchen.
Bei euch aber soll es nicht so sein.
Wer bei euch groß sein will, der soll euer Diener sein,
und wer unter euch der Erste sein will,
soll der Sklave aller sein.
Denn auch der Menschensohn ist nicht gekommen, um sich dienen zu lassen,
sondern um zu dienen.
Und sein Leben hinzugeben als Lösegeld für viele."
(Mk 10,42–45)

„Und Jesus stellte ein Kind in ihre Mitte, nahm es in seine Arme und sagte zu ihnen:
Wer ein solches Kind um meinetwillen aufnimmt,
der nimmt mich auf;
wer aber mich aufnimmt,
der nimmt nicht nur mich auf,
sondern den, der mich gesandt hat."
(Mk 9,36f.)

Frei möchte ich sein

Günter Biemer

Lieber Markus,

Du willst nach Kanada, heraus aus diesem festgelegten Leben, in dem wir uns hier bewegen. Du hast die Schule hinter Dir, hast mehrere Schulen geschafft, und unsere Erwachsenengesellschaft bietet Dir erst in anderthalb Jahren eine Stelle zur Ausbildung. Du wirst nie mehr diese Gelegenheit haben, so sagst Du, ohne Bindungen in eine ganz andere Welt zu gehen. Du möchtest frei sein. Das ist das Zauberwort, das ich in Deinem Brief viermal gelesen habe. Die Freiheit! Es verlockt Dich, als Freiwilliger bei diesem Bautrupp im Norden des amerikanischen Kontinents weit weg von den zivilisatorischen Details und Einengungen ursprüngliches Leben, Wildnis, eine Gemeinschaft auf Zeit, zu leben mit jungen Menschen verschiedener Nationen. Du möchtest die kleinhaltende Umsorgtheit, das Eingespanntsein in ganz bestimmte Familienzeiten und Umgangsnormen hinter Dir lassen. Du bist bereit, die bürgerlichen Errungenschaften von Zentralheizung und Teppichboden, von bequemen PKWs und alles andere hinter Dir zu lassen. Ich höre, wie Du über die besorgten Rückfragen Deiner Mutter lachst und die Argumente Deines Vaters mit schnellerem Redefluss und erhöhtem Tonfall abweist. – Du fragst mich um meine Meinung. Ich muss Dir gestehen, dass es mir sehr schwerfällt, Dir so zu antworten, dass Du nicht meinst, ich würde mich vor der Entscheidung drücken. Tatsächlich bin ich der Auffassung, dass Du alt genug bist, die Entscheidung durch niemand anders fällen zu lassen, dass nun der Zeitpunkt gekommen ist, von dem an Du Dein Leben selbst in die Hand nehmen kannst und sollst. Gleichwohl kann ich Dir einiges zu dem Konflikt sagen, in dem Du stehst.

Wenn ich die Äußerungen Deiner Eltern recht verstanden habe, dann geht es ihnen nicht darum, Dir eine außergewöhnliche Lebenserfahrung ausreden zu wollen, Dich um die Erfahrung der Freiheit und Weite des Lebens und dieser Erde zu bringen.

Meines Erachtens möchten sie, dass Du deutlicher absicherst, wohin Du gehst, und Dich erkundigst, wie es einem dort ergehen wird, so dass das Wagnis des Abenteuers nicht zu einem unüberschaubaren Risiko wird. Wenn Du Dich ein wenig auf ihre Gedanken und Gefühle einlassen kannst, wirst Du sie verstehen.

Ich schreibe dies, weil ich ihre Sorgen teile und gleichwohl verstehe, dass Du diese Chance, nachdem Du sie einmal wahrgenommen hast, nicht auslassen möchtest. Wie ich Dich kenne, wirst Du Dich auf den Weg machen und Dich dieser Lebensmöglichkeit aussetzen. – Wenn Du heimkommst nach einem Jahr, wirst Du noch etwas vom Glanz der unbebauten Wildnis, der unermesslichen Weite, der Seen und Wälder in Deinen Augen haben. Du wirst die Strecke zwischen Harz und Schwarzwald für einen engbebauten Garten halten und die elterliche Wohnung für zu klein. So wird es Dir jedenfalls die ersten Wochen gehen, bis Du die große Fremde in die überschaubare und vertraute Lebenslandschaft Deiner Heimat eingebracht hast.

Und was ist dann? Was ist dann mit der Freiheit? Worin hat sie eigentlich bestanden und wird sie von da an bestehen? Du siehst, ich möchte Deinem Grundanliegen etwas weiter nachgehen, selbst auf die Gefahr hin, dass Du nur anfanghaft annimmst und aufnimmst, was ich Dir sagen möchte. Du empfindest als Freiheit aufzubrechen, hinauszugehen, neue Lebensmöglichkeiten zu erfahren, das zu tun, was möglich ist. Alles, was Dich hindert, was Dich festhält, was Dich einfordert, was Dich reguliert in Deinem Leben, hältst Du für Unfreiheit. – Denk an Deinen kleinen Bruder! Da kommt er abends, genau wenn er ins Bett sollte, mit den Spielkarten in der Hand zu Dir, genau wenn Du zu Deiner Verabredung aufbrechen willst, und er strahlt Dich erwartungsvoll an: Machst Du noch schnell ein Spiel mit mir oder besser zwei? – Wie, jetzt?, fragst Du und faltest die Zeitung zusammen und schaust auf Deine Armbanduhr. Jetzt geht es auf gar keinen Fall. – Aber er lässt nicht nach: Nur ganz schnell und kurz; Du hast es mir doch versprochen. Du schaust ihn an, den kleinen Kerl, der so sehr auf Dich vertraut. Du weißt, dass die fünf Minuten nichts an Deinen Plänen ändern werden. Im Nu tauchst Du in eine andere Welt ein, in seine Welt.

Er lässt Dich in seine Zeit umsteigen. Schon mischst Du die Karten. – Wenn Du so etwas kannst, Umsteigen in die Gefühle, in die Zeiten anderer Menschen, wirst Du die Erfahrung einer Freiheit machen, die vielen Menschen unter diesem Namen kaum bekannt ist. Und doch ist es so, dass ich manches loslassen und hinter mir lassen muss, um mich auf andere einlassen zu können. Ich brauche dazu Freiheit, Freiheit von mir selbst, von dem, was mich an mich selbst fesselt, von meinem Egoismus. Habe ich diese Freiheit angefangen zu lernen, so eröffnen sich große Landschaften des Lebens. Da kann einer ein freier Mensch werden auf eine unkonventionelle Art. – Dies wollte ich Dir bei diesem Anlass sagen, lieber Markus. Du strebst nach der Freiheit, die hinausführt, und ich finde sie sehr wichtig und möchte die Erfahrung selbst nicht missen, die ich einst in Amerika gemacht habe. Noch wichtiger ist die innere Freiheit, die es mir möglich macht, nicht nur frei zu sein „von", sondern frei zu sein „für":

Du weißt, dass ich selbst diese innere Freiheit am stärksten von jenem Augenblick an gelernt habe, in dem ich mich an die Einladung Jesu eingelassen habe, die er seinen ersten Freunden gegeben hat, als sie ihn fragten, wo er wohne, und er antwortete: „Kommt und seht" (Joh 1,38f.). Der Umstieg in das Lebensgefühl Jesu, in die Weise, wie er von Gott her unsere Zeit erfährt, was sie ihm bedeutet, hat mir am „meisten gebracht'". Jesus sagte einmal über die Gesellschaft seiner Zeit: „Sie sind wie Kinder, die auf dem Marktplatz sitzen und einander zurufen: Wir haben für euch aufgespielt, und ihr habt nicht getanzt. Wir haben Klagelieder gesungen, und ihr habt nicht geweint" (Lk 7,31f.). Viele Menschen sind festgefahren, sie sind nicht bereit, sich loszulassen, und nicht frei genug, um sich einzulassen auf das Geheimnis des Lebens. – Sind wir es?

Zum Schluss noch dies: Die Freiheit ist nicht wie ein Tor, durch das man geht, oder ein Motorrad, das man sich erwirbt. Heute, nach so vielen Jahren, im Vergleich zu Deinem Alter muss ich sagen, dass ich noch immer unterwegs bin und immer wieder aufs Neue Freiheit erlerne und von andern geschenkt bekomme. Sie ist ein Lebensprozess für mich geworden. Häufig habe ich schon an den umständlich geschriebenen, aber genialen Satz des Matthias

Claudius gedacht, den er seinem Sohn Johannes geschrieben hat: „Nicht der ist frei, der da will tun können, was er will, sondern der ist frei, der wollen kann, was er tun soll.“

Wollen können, was wichtig ist für sich selbst und auch für die andern. Die Lebenszüge wechseln können. Auch mit seinem eigenen Lebenszug weit in der Landschaft herumgekommen sein. Ich bin gespannt, wie Du Dich entscheiden wirst; denn diese Freiheit, Dich zu entscheiden, ist Dir selbst aufgegeben.

Zweifel

Der zerbrochene Himmel

Günter Biemer

Das Selbstverständliche,
das dich jeden Moment im Dasein trägt
das Geheimnis des Lebens,
das in deiner jungen Liebe aufblüht
die Herkunft, aus der kommt, dass es dich gibt
und die Zukunft, auf die du blind vertraust
warum nur kannst du
den Geber all dieser Gaben
den Ursprung deines Lebens
und des Lebens deines Kindes
nicht Gott nennen?
Das frage ich mich voll Verwunderung
ohne dass meine Sympathie für dich
deshalb geringer würde.

Das Gebet des Jona im Fischbauch

Jona 2,4–8

Die Erzählung von Jona ist vielfältig. Jona ist ein Mensch, der vor seiner Aufgabe davonläuft und vor seiner Berufung flieht. Eine Szene ist besonders eindrucksvoll: Er endet in einem riesigen Fisch, der ihn verschlingt und ihn später wieder ans Land speit. Im Fischbauch verändert sich Jona, er wandelt sich, er kommt zu sich und übernimmt die Verantwortung der Aufgabe, die Gott ihm gegeben hat. Jona im Fischbauch ist ein Symbol für viele Verwandlungen im Leben: für die Pubertät, für eine Bekehrung, für eine Identitätskrise, selbst für Tod und Auferstehung.

Jona „betete im Bauch des Fisches zum Herrn, seinem Gott: ...
Du hast mich in die Tiefe geworfen,
in das Herz der Meere;
mich umschlossen die Fluten,
all Deine Wellen und Wogen
schlugen über mir zusammen ...
das Wasser reichte mir bis an die Kehle,
die Urflut umschloss mich; ...
doch Du holtest mich lebendig aus dem Grab herauf,
Herr, mein Gott.
Als mir der Atem schwand, dachte ich an den Herrn,
und mein Gebet drang zu Dir ...“ (Jona 2,4–8).

Krieg

Regina Kraus

Tag für Tag fragt das Kind am Morgen:
Mama, ist heute Nacht der Krieg losgegangen?
Und Tag für Tag antwortet die Mama:
Nein, mein Kind, hab keine Angst.
Und auch heute
fragt das Kind am Morgen:
Mama, ist der Krieg losgegangen?
Da antwortet die Mama:
Ja, mein Kind –
heute Nacht ist der Krieg losgegangen.
Da schweigt das Kind,
die Mama hat Tränen in den Augen
und eine unbeschreibbare Wut im Bauch.
Draußen scheint die Sonne,
ein strahlendblauer Himmel,
die Vögel pfeifen wie immer,
ein Düsenjäger zieht hoch oben seine Bahn.
Doch dann hat das Kind viele Fragen:
Mama, hört man das bis zu uns, wenn sie die Raketen
schießen?
Explodiert jetzt die ganze Welt?
Warum gehen die Menschen nicht einfach in ihre
Häuser,
wenn der Krieg kommt?
Sind die Männer, die Krieg machen, auch Papas von
Kindern?
Die Welt ist so schön – machen sie jetzt alles kaputt?
Warum macht Gott keinen Frieden?
Die Mama denkt:
Gott ist jetzt bei den Kindern von Bagdad, Tel Aviv,
Sarajewo, Lima, Kabul…
die zu Tode erschrecken, wenn die Sirenen losheulen.
Gott ist bei den Müttern und Vätern,
die um ihre Jungen weinen,
weil man sie in Uniformen gesteckt

und losgeschickt hat.
Gott ist bei denen,
die jetzt vor Schmerzen schreien.
Mit denen aber, die seinen Namen missbrauchen,
die von heiligen, gerechten Kriegen reden,
ist Gott da auch?
Er kann keinen Frieden machen,
wenn wir ihn nicht tun –
so ohnmächtig ist Gott,
denkt die Mama
und erschrickt:
Ja, ohnmächtig ist Er
und leidet
und hofft
wie wir.
Zum Kind aber sagt sie:
Hab keine Angst,
ich bin ja bei dir,
und streicht ihm über das Haar
und drückt es an sich,
damit sie es selber
glauben kann.

Der Ball ist rund

Nicolas Lang

Der Ball ist rund. Dass der Ball so rund ist, verdanken wir Männern und Frauen aus Sialkot in Pakistan. Aus Sialkot kommen siebzig Prozent aller Fußbälle weltweit. Bis vor kurzem haben diese Arbeit auch Kinder gemacht. Ab dem Alter von 10 Jahren haben sie wie ihre Eltern von morgens bis abends Bälle genäht. Für Spielen keine Zeit. Pro Ball haben sie ein paar Cent verdient. Für ihre Familie, die ohne sie nicht über die Runden kommt. Aber seit der WM 2006 ist Schluss damit. Menschenrechtsaktivisten haben auf die Kinderarbeit aufmerksam gemacht, die großen Sportartikelhersteller haben Angst bekommen, Imageverlust und so weiter. Deswegen haben sie dafür gesorgt, dass keine Kinder mehr für sie arbeiten.
Super.

Allerdings sind die Schulen und Fußballplätze dadurch nicht voller geworden. Denn am eigentlichen Problem hat sich nichts geändert. Die Eltern verdienen weiterhin zu wenig, um ihre Familie ernähren zu können. Von 100 Euro, die wir für einen Qualitätsball zahlen, kommen gerade einmal 50 Cent bei den Nähern an.

Die Kinder schleppen jetzt Ziegelsteine.

Und mit jedem Ball, den ich trete, habe ich immer noch das Gefühl, ein Kind zu treten.

Gott sei Dank, dass ich kein Mädchen bin

Nicolas Lang

Danke lieber Gott, dass ich als Mann zur Welt gekommen bin. Nicht nur, weil ich an jeden Baum pinkeln kann. Es hätte so viel schief gehen können. Als Mädchen in Indien und China hätte man mich vor meiner Geburt wahrscheinlich abgetrieben. In Südasien wäre ich voraussichtlich unterernährt. Und ob man mir erlaubt hätte, zur Schule zu gehen?
In Nordafrika hätten sie vermutlich meine Klitoris weggeschnitten, wie 8000 Mädchen jeden Tag. Und wenn ich auch nicht an der Blutung gestorben wäre, Spaß hätte ich nie. Wie jede dritte Frau auf der Welt hätte ich vor meinem 18. Geburtstag heiraten müssen. Jemanden, den ich mir nicht ausgesucht habe.

Der schwängert mich und da ich noch so jung bin, sterbe ich eventuell bei der Geburt meines ersten Kindes oder spätestens beim fünften, weil ich so viel nicht verkrafte.

Natürlich hätte ich auch Glück haben können. Angenommen ich wäre in Deutschland zur Welt gekommen. Frauen werden hier im Durchschnitt älter als Männer, ganz so wie es die Natur will.

Eine Frau möchte ich trotzdem nicht sein. Denn die verdienen hier immer noch durchschnittlich 20 Prozent weniger für die gleiche Arbeit.

Lieber Gott, eine Frage hätte ich noch. Warum hast du eigentlich die Frauen erschaffen? Nur damit wir Männer wissen, wie gut wir es haben?

Fassaden

Clemens Schaub

Dass
Scheitern
zum Leben
gehört,
ist
eine Binsenweisheit.

Dass
Gescheiterte
eine Chance
bekommen,
ist
eine Seltenheit.
Deshalb
arbeiten
wir
fieberhaft
und bis zur
Erschöpfung
am
Ziel:
Schwächen verbergen
Fehler beschönigen
Krummes gerade biegen
Zum Aufstieg
hechelnd
verlieren wir
unsere Menschlichkeit.

Kein Wunder
dass
Menschen
dem
Starken
Schönen
Geraden

misstrauen

weil sie
hinter
den Fassaden
das
wirkliche Leben
vermuten.

Dubito ergo sum

Florian Nieser

Zweifel und Glaube sind kein Widerspruch. Wer zweifelt, befindet sich auf der Suche nach Antworten, die ihm einen Blick auf Wahrheit und Wirklichkeit ermöglichen. Ebenso verhält es sich mit dem Glauben. Beide teilen (sich) die Suchbewegung, das beständige Ausrichten am Sinnhorizont und die Neuorientierung des eigenen Blicks zu diesem Horizont. In diesem Zusammenhang ist es fast schon notwendig, dass sich beide Suchbewegungen früher oder später begegnen. Zweifel am Glauben können Zweifel für den Glauben sein und die Erkenntnisse, die man für unumstößlich hielt, unter einem völlig neuen Licht erscheinen lassen. Zweifel am Glauben können sich gegen die eigene Glaubensüberzeugung richten und so Glaubensentwicklung ermöglichen. Ohne sich zu bedingen, tauchen Glaube und Zweifel oftmals zusammen auf, nur um sich gegenseitig anzustacheln und das Beste des jeweils anderen zum Vorschein zu bringen. Sie sind beide letztlich auf ihre Weise Grundexistentialien des Lebens und auf nichts mehr zu reduzieren. Zweifel bedarf keiner Rechtfertigung, denn er ist in sich selbst gerechtfertigt. Der Sinn des Zweifelns ergibt sich aus dem grundsätzlich suchenden Charakter des Lebens und wer den Zweifel anzweifelt, so hat Descartes bereits festgestellt, der stößt damit auf die einzige Grundkonstante, die nicht mehr aufzulösen ist. Der Zweifel am Zweifel erhält sich selbst, er kann nicht „weggezweifelt“ werden, er gehört notwendig zur Existenz. Ähnlich verhält es sich mit dem Glauben. Solange der Mensch nicht in der Lage ist, Schleiermachers Frage nach der Begründung, warum ich ich bin, zu beantworten, sich über das Selbst-Bewusstsein zu erheben und die Begründung der eigenen Existenz zu liefern, solange besteht diese Leerstelle der Existenz. Dieser Hohlraum veranlasst die Suchbewegung des Glaubens. Zweifel und Glauben sind keine Ausläufer des Lebens, sondern entspringen aus seinem Fundament. Dubito ergo sum, zumindest glaube ich das.

Glaubensperspektiven

Mein Gegenüber

Yvonne Michel

Es gibt Momente, da spielt es keine Rolle, was um mich herum geschieht. Da bin ich... In meiner eigenen Gedankenwelt...

Im Stimmengewirr auf dem Wochenmarkt...
Oder vielleicht stehe ich auch nur in einer vollgestopften S-Bahn Richtung Hauptbahnhof.

Es spielt keine Rolle, wo ich bin, denn ich habe mich in mich selbst verkrochen.
Ich hänge einfach meinen Gedanken nach.
Ich lasse mich treiben und bin völlig losgelöst von allem.

Und trotzdem fühle ich mich nie wirklich allein.

Denn für mich gibt es da immer noch ein Gegenüber, das bei mir ist und meine Gedanken teilt. Ich kann mit diesem Gegenüber diskutieren und ihm Fragen stellen.

Auch wenn ich nicht direkt eine Antwort bekomme, so fühle ich mich trotzdem erleichtert. Ich habe das Gefühl einen Schritt weiter gekommen zu sein.
Ich merke oft erst später, wie ich Antworten auf meine Fragen gefunden habe.
Dieses Gegenüber hilft mir auf seine Art.

Ich bin mir nicht sicher, was oder wer dieses Gegenüber ist, mit dem ich da allein bin. Für mich ist es Gott.

Den großen Gedanken zum Zug kommen lassen

Albert Biesinger

Die Gedanken, die ich denke, verändern mich. Es ist nicht gerade unbedeutend, welche Gedanken ich in mir zum Zuge kommen lasse. Gedanken wirken heilend und sinnstiftend; Gedanken wirken zerstörend und sinnvernichtend.

Welcher Gedanke der große Gedanke meines Lebens ist, kann ich gemeinsam mit anderen Menschen entdecken. Die ausgreifenden großen Linien, die das Leben der Menschen über den Tod hinaus überstrecken, werden mir zugesagt: Licht – Schalom, Friede – Hoffnung – Jesus Christus Heil – Sehnsucht – Abba Vater – Dialog – Gemeinschaft. Pass auf, denke ich mir, du musst deinen eigenen großen Gedanken finden. Lass ihn dir nicht von den anderen vorschreiben. Gehe dem, was deinem Leben Hoffnung gibt, nach und erschließe dir und lasse dir erschließen, woher du kommst und wohin du gehen willst. Pflege das kleine Pflänzchen, wo dir etwas aufgeht.

Ich habe mich über Jahre intensiv mit der christlichen Botschaft auseinandergesetzt. Seit Längerem bin ich zu der Überzeugung gekommen, dass ich mich besser darauf einlassen kann, wenn ich nicht viele Gedanken, sondern einen zentralen Gedanken in mir zum Zuge kommen lasse: ‚Abba Vater'.

Täglich denke ich tausend Gedanken. Sie jagen sich. Aber der eine große Gedanke darf nicht nur einer von diesen tausend Gedanken bleiben. Ich bin selber dafür verantwortlich, dass er in mir zum Zuge kommt und dass ich dieser Beziehung zu Gott in meinem Leben Raum schaffe. Dabei kann ich mich von niemandem vertreten lassen.

Aufgrund jahrelanger Erfahrung weiß ich heute: Wenn ich mich täglich zwanzig Minuten hinsetze, ruhig werde und mich von meinem großen Gedanken leiten lasse, dann bin ich von ihm erfüllt. Er kommt in mir zur Entfaltung.

Ansonsten ist er zwar in mir, aber er liegt brach, und er prägt mich nicht. Er wird mir nicht zur Hoffnung und umgesetzt in Handeln. Ich denke ‚Abba Vater' vor mich hin immer wieder. Es kommen mir Bilder, und ich gehe wieder zurück und wiederhole ‚Abba Vater'. Die Beziehung zu Gott ist mir dabei viel lebendiger geworden als durch viele Reflexionen und Meditationsanleitungen.

Hey God

Agathe Lukassek

Lieber Gott, ich denke, ich probiere es mit Dir. Ich habe schon einiges von Dir gehört: Du bist anscheinend allmächtig und allwissend, Du liebst die Menschen und stellst sie unter Deinen Schutz.

Das kann ich alles gebrauchen und wenn ich Deine Anhängerin werde, dann kommt mir das hoffentlich zugute:

Im Alltag wäre es total praktisch, wenn ich ein Stück von Deiner Allwissenheit hätte. Und Dein Schutz wäre richtig gut, da ich etwas schusselig bin und immer wieder ins Stolpern gerate.

Aber wenn ich so in die Welt schaue, dann stimmt das Ganze irgendwie nicht:

Es gibt auch Nichtchristen, denen es wirklich gut geht. Und umgekehrt kann jeder Christ an einer Krankheit oder an einem Unfall sterben.

Es sieht so aus, als würdest Du Dich nicht an Deinen Teil der Abmachung halten.
Also habe ich mir überlegt, ob es mir überhaupt etwas bringt, wenn ich eine Beziehung zu Dir pflege.

Dann habe ich aus der Bibel Deinen Namen erfahren: Du bist der „ich-bin-da“.

Das hat mir gefallen. Weil Du der „ich-bin-da“ bist, weiß ich, dass ich nie alleine bin, egal was mir passiert. Auch wenn Du keine speziellen Wunder nur für mich tust:

Weil Du da bist, bekomme ich die Kraft für das, was noch kommt im Leben.

Mit Deinem Namen hast Du mich überzeugt und ich will jetzt wirklich versuchen, meinen Weg mit Dir zu gehen!

Kreuz

Nicolas Lang

Im Dekolleté blitzt ein silbernes Kreuz. Sexy eigentlich. Und doch irgendwie pervers. Die Römer haben das Kreuz vor 2000 Jahren dazu benutzt, Menschen zu Tode zu foltern. Wenn sich damals jemand ein Kreuz als Schmuck umgehängt hätte, dann wäre das so, als ob heute jemand einen elektrischen Stuhl um den Hals tragen würde.

Und doch ist das Kreuz zu dem Symbol geworden, das viele Christen gerne tragen. Denn beim Kreuz geht es um mehr als nur um den Tod von Jesus. Es ist kein Denkmal für einen Hingerichteten. Sondern ein Zeichen der Hoffnung. Christen drücken damit die Hoffnung aus, dass mit dem Tod von Jesus nicht alles vorbei ist. So wie Jesus sich um alle gekümmert hat, die sonst niemand haben, hat auch Gott Jesus nicht allein gelassen. Nicht einmal in der schlimmsten Stunde seines Lebens, als man ihn ans Kreuz nagelte.

Wenn ich nun mein Kreuz auf der Brust trage, erinnere ich mich an dieses Geschehen und hoffe, dass Gott mich auch nicht im Stich lässt vor allem dann nicht, wenn es dunkel um mich wird und ich sterben werde.

Das Wagnis des Glaubens

John Henry Newman

Jeder soll sich die Frage vorlegen, was er auf die Wahrheit der Verheißung Christi hin eingesetzt hat. Wir wissen, was es heißt, in irgendeinem Unternehmen dieser Welt zu investieren. Wir riskieren unser Eigentum bei Projekten, die Erfolg versprechen, bei Projekten, die uns vielversprechend erscheinen, an die wir glauben. Was haben wir für Christus gewagt?

Ich hege die tatsächliche Befürchtung, bei einer etwaigen Überprüfung stellt sich heraus, dass es nichts gibt, wozu wir uns entschließen, nichts, was wir tun, nichts, was wir unterlassen, nichts, was wir meiden, nichts, was wir wählen, nichts, was wir aufgeben, nichts, was wir unternehmen, wozu wir uns nicht entschließen würden, was wir nicht täten, nicht unterließen, vermieden, wählten, aufgäben und unternähmen, wenn Christus nicht gestorben und der Himmel uns nicht verheißen wäre.

Ich fürchte wirklich, dass die meisten der sogenannten Christen, wie immer ihr Bekenntnis sein mag, was immer sie an Gefühlen zu haben glauben, was immer an Wärme und Erleuchtung und Liebe sie für sich in Anspruch nehmen mögen, dennoch so leben, fast wie sie leben würden, weder viel besser noch viel schlechter, wenn sie das Christentum für eine Fabel hielten. In jungen Jahren überlassen sie sich dem Trieb oder jagen wenigstens weltlichen Vergnügen nach, mit fortschreitenden Jahren arbeiten sie sich in das Geschäftsleben ein oder betreten einen anderen Weg, um Geld zu verdienen, dann heiraten sie und gründen eine Familie, und da sich bei ihnen Interesse und Pflicht paaren, scheinen sie ehrsame und religiöse Menschen zu sein und halten sich auch dafür. Sie lieben die Verhältnisse, wie sie sind, sie beginnen Eifer gegen Laster und Irrtum zu entwickeln und bestreben sich, mit allen Menschen in Frieden zu leben.

Solches Verhalten ist insoweit recht und lobenswert. Nur, behaupte ich, hat es mit Religion nicht notwendigerweise etwas zu tun. Es enthält nichts, was in seinen Trägern von dem Vorhandensein religiöser Grundsätze irgendwie zeugte. Es gibt nichts, was sie nicht weiterhin täten, obwohl sie nichts anderes davon profitieren, als was sie auch jetzt gewinnen. Etwas springt auch jetzt für sie heraus. Sie befriedigen ihre Wünsche, sie führen ein ruhiges und geordnetes Leben, denn das ist ihr Interesse und ihr Geschmack. Aber sie wagen nichts, riskieren nichts, opfern nichts, geben nichts auf um des Glaubens willen an Christi Wort.

(Was also wagst du?)

Beten

Andreas Koch

Mein letztes richtiges Gebet ist schon lange her. Wahrscheinlich war ich damals noch ein Kind und habe mir keine Gedanken darüber gemacht, was der tiefere Sinn eines Gebets sein soll.

Heute denke ich, dass ich für ein Gebet nicht meine Hände verschränken und mit „Lieber Gott" beginnen muss. Beten heißt für mich, in mich selbst zu schauen, also nachzuforschen, was mich wirklich bewegt und warum es mich so bewegt.

Wahrscheinlich wird es bei jedem Menschen etwas anderes geben, das ihn richtig nachdenklich macht. Das kann etwas Gutes sein, das nicht selbstverständlich ist und für das ich mich innerlich bedanke. Zum Beispiel eine nette neue Bekanntschaft. Oder das kann etwas sein, das mich sehr bedrückt, wie der Tod eines lieben Menschen. Dann möchte ich Trost finden.

Auf jeden Fall ist für mich Beten genau der Moment, in dem ich etwas nicht verdränge. Sondern das, was mir unter den Nägeln brennt, ganz gezielt vor mir ausbreite. Und Gott dabei über meine Schulter schauen lasse.

Lebenslauf im Glauben

Günter Biemer

„Den Lauf vollendet
den Glauben bewahrt“ (2 Tim 4)

Den Glauben
dass das Leben eine offene Parabel bleibt
Den Glauben
dass die Sehnsucht nach Geborgenheit
ungestillt
der Wahrheit am nächsten kommt

Den Glauben
dass Ruhe, Rast und Rückblick
nur den neuen Aufbruch vorbereiten

Den Glauben
dass in jedem Aufbruch immer neu
die Erfahrung der Freiheit
zu schmecken ist

Den Glauben
nicht allein zu sein
wenn die Sinne es vortäuschen

Den Glauben
aus tausend Gesprächen
aus den vielen Augen
von Mutter und Vater, von Freunden und Feinden
geschenkt, verloren, wiedergeschenkt
durchlitten, durchhofft, ertrotzt, verteidigt
verschlissen, verraten
bewahrt

Den Lauf
den Tageslauf
den Lebenslauf
unvollendet

Aber an seine Vollendung
geglaubt
dass das Leben eine offene Parabel bleibt
bis sie der Himmel rundet
und schließt

Den Lauf vollendet
den Glauben bewahrt.

Gottes Dienst?

Werner Tzscheetzsch

Es ist Sonntag. Die Glocken läuten zum Gottesdienst. Erinnerungen werden wach: das sonntägliche „Muss" des Gottesdienstbesuchs, endlose Diskussionen mit der Großmutter bis hin zum Streit, das stolze Gefühl des freien Entscheidens im Jugendalter. Und in all dem die immer wiederkehrende Frage nach dem Sinn des Gottesdienstes. Älter geworden las ich in der Apostelgeschichte eine Rede des heiligen Paulus in Athen. Paulus sagt dort: Gott lässt sich nicht von Menschen bedienen, als brauche er etwas: Er, der allen das Leben, den Atem und alles gibt (Apg 17,25).

Eine interessante Auskunft: Der Gott, der die Welt erschaffen hat, ist nicht auf den Dienst von uns Menschen angewiesen. Gottesdienst ist nicht die Erfüllung eines wie immer gearteten Bedürfnisses Gottes. Nein, Gottesdienst ist der Ort, sich der Größe Gottes zu erinnern, seiner Güte und seiner Solidarität mit uns Menschen.

Mich der Liebe Gottes erinnern, heißt mich selbst zu fragen: Wie lasse ich diese Liebe unter den Menschen, denen ich begegne, lebendig werden, bin ich zur Solidarität fähig, lasse ich die Menschenfreundlichkeit Gottes in meinem eigenen Handeln durchscheinen – in all meiner mir gegebenen Begrenztheit und doch so, dass unter uns spürbar wird, um was es geht, um menschenwürdige Begegnung in der Familie, in der Schule, am Arbeitsplatz? Gottes-Dienst in diesem Sinne verändert das Klima, lässt frei aufatmen, beseitigt Blockierung und Isolation. Mir gelingt das nur, wenn ich mich nicht verkrampfe, wenn ich selbst durchatme, wenn ich mir meine Freiheit nehme. Das Geschenk ist die gelingende Begegnung. Solche Begegnungen sind Anlass zum Dank. Auch der sonntägliche Gottesdienst ist eine Danksagung: Dank für das geschenkte Leben und den mir und uns geschenkten Lebensatem.

Gott als Lebensatem

Günter Biemer

Lieber Niko,

Du kannst es Dir sicher vorstellen, wie das ist, wenn man auf der Kuppe des Belchen steht im Sommerwind. Junge Menschen laufen vorbei, ihre Haare sind vom Wind erfasst und zerzaust. Segler rauschen über den Köpfen, und weiter draußen gleiten Drachenflieger in märchenhafter Stille zu Tal. Sich von der lebendigen Brise des Windes erfassen lassen, gibt einem das Gefühl, berührt zu werden. Die Luft streift über die Haut der Arme. Und wenn eine Windböe dazwischenkommt, ist es, als könne man sich tragen lassen.

Das ist ein tolles Gefühl so weit oben über den Tälern, so nahe bei den Wolken, so gewärmt in der Sonne, die dazwischen scheint, so erfasst von dem lebendigen Atem der Luft. Da sind alle Eindrücke von Verzagtheit und Kleinmütigkeit wie verflogen. Woher kam diese Schwere im Denken und Fühlen, dieser Eindruck, es sei aussichtslos, und am besten sei es, das Leben zu beenden? Wie umgekehrt intensiv und lebendig man sich nach der langen Wanderung auf dem Gipfel des Berges fühlt!

Ich schreibe dies, um zu der Erinnerung an Gedanken des Selbstmordes, die Du in Deinem Brief beschreibst, ein Gegenbild zu zeichnen. Es ist ein Bild, in dem die Kraft des Lebens und die Weite der Lebensmöglichkeiten besonders deutliche Konturen haben sollen. Vielleicht ist es in der Lebensphase, die Du hinter Dir hast, sogar häufig der Fall, dass sich junge Menschen als labil empfinden und wie vor dem Abgrund des Lebens stehen. Aber dann ist das in jedem Fall eine vorübergehende Angelegenheit.

Es ist nur eine sehr einseitige Sicht des Lebens. Genauso ist übrigens auch das Bild vom Hochgefühl auf dem Berg zwischen Sonne und Wind nur für ganz bestimmte Phasen oder Situationen unseres Lebens gültig. Im Leben kommen Hell und Dunkel, Aussichtslosigkeit und Lebenslust in häufigem Wechsel vor.

Aber wenn es so ist, dann möchte ich doch sagen, dass das Bild vom lebendigen Atem der Welt, vom Wind und Sturm, mir das wichtigere und lebensvollere Bild zu sein scheint. Es enthält immerhin den Hinweis auf die Lebenskraft des Gottesatems, auf den Heiligen Geist. Vielleicht ist es völlig unkonventionell, wenn ich sage: Eigentlich müsste die Firmung bei einem Herbststurm auf dem Berg gespendet werden oder während eines Gewitters. Dabei würde etwas von der gewaltigen Kraft erlebbar werden, die in Wirklichkeit nicht nur in dieser Welt steckt, sondern im Urheber und Schöpfer dieser Welt und unseres Lebens, in Gott. Erfahrung, den Kräften des Lebens in Natur und Unwetter ausgesetzt zu sein, ließe uns ganz anders in unseren Gedanken und Gefühlen mit Gott umgehen, als dies bei bloßen Worten und den einfachen gottesdienstlichen Vorgängen der Fall ist.

Ich kann mir sehr gut vorstellen, dass die Wanderung der Städter von Jerusalem durch die judäische Bergwüste hinunter in das fruchtbare Jordantal zu dem Bußprediger Johannes allein schon ziemlich viele Erfahrungen über das Leben gebracht hat. Auch für das Leben auf Gott hin und mit Gott. Wenn einem in solchem Zusammenhang der intensiven Erfahrung der Lebensfülle gesagt wird: „Sei besiegelt mit der Gabe Gottes, dem Heiligen Geist“, dann könnten sich einem damit unauslöschliche Bilder und Erfahrungen einprägen. Und das will ja auch die Firmung.

Dass ich nun gerade über Lebensfülle und Lebenskraft zu Gottes Geist und Firmung kam, hat auch mit einer zweiten Äußerung in Deinem Brief zu tun: Dass Du oft am Glauben zweifelst. Ich halte das für eine außerordentlich wichtige Lebensbekundung. Wer in Zweifel gerät, etwa über die Beziehung zu seinem Freund oder seiner Freundin, der bekundet doch damit ein vitales Interesse an dieser Beziehung, an diesem Menschen. Sonst wäre es ihm ja gleichgültig, und er oder sie käme gar nicht in die Lage, über das rechte Verhältnis nachzudenken, Fragen zu äußern, sich um Klärung zu bemühen...

Steckt nicht hinter den meisten Zweifeln Unsicherheit, Neugierde, Informationssuche? Steckt nicht in manchen Zweifeln Unwissenheit oder auch Angst, sich Gott weiter und umfassender auszusetzen und anzuvertrauen? In vielen Fällen werden Zweifel nur ein Name für die Schwierigkeiten sein, die darin bestehen, die richtige Beziehung zu Gott zu finden oder das zu klein gewordene Gottesbild, das man sich selbst gemacht hat, aufzugeben, um Gott den unvorstellbar Großen, ja immer je Größeren für das eigene Leben sein zu lassen.

Bei solchen Zweifeln erinnere ich mich immer daran, dass sich Schlangen häuten müssen, um wachsen zu können. Sie streifen die alte Haut ab und werden dabei größer.

Wichtig für den glaubenden Menschen ist dann, dass sein Vertrauen auf Gott größer ist als das Misstrauen, das in seinen eigenen Zweifeln zum Ausdruck kommt. Geht das? Naja, jeder von uns hat zumindest seit der Taufe mit seinem Atem Anteil am Atem Gottes, an Gottes Geist. Selbst ein so vom Geist getragener und mit Gottes Geist begabter Mensch wie Paulus schreibt an die Christen von Rom: „Wir wissen nicht, worum wir in rechter Weise bitten sollen; der Geist selber tritt jedoch für uns ein in einer Weise, die wir nicht in Worte fassen können. Und Gott, der die Herzen erforscht, weiß, was die Absicht des Geistes (in unserem Herzen) ist“ (Röm 8,26f.). Ist das nicht toll, dass uns unser eigener Lebensatem an den Atem Gottes erinnern darf, an den Geist?

Da gibt es in einem alten Psalm eine knappe und treffende Zusammenfassung der Bedeutung, die Gottes Geist für das Universum hat:

„Nimmst du ihnen (den Geschöpfen) den Atem, so schwinden sie hin und kehren zurück zum Staub der Erde. Sendest du deinen Geist aus, so werden sie alle erschaffen.
Du erneuerst das Antlitz der Erde“ (Ps 104,29f.).

Das Ausatmen und Einatmen, das wir so unbewusst ungezählte Male am Tag tun: Plötzlich wird es wie zu einem Erinnerungssignal, das uns auf den Urheber des Lebens selbst hinweist. Anvertrautes Leben ist in uns, ja sind wir. Viel Vertrauen ist also in uns investiert. Dies zu sehen, zu fühlen, zu erkennen und es täglich zum Ausgangspunkt des eigenen Lebendigseins zu machen, müsste das nicht eigentlich jedem Menschen Anlass zu großer Freude sein? Und es ist ja erst der Anfang, die Verheißung, der Beginn für das nie endende Leben, dessen strahlende Intensität und dessen unbändiges Glück mit den Kräften, die wir hier zur Verfügung haben, gar nicht ausgelebt werden könnte.

Doch darüber möchte ich Dir lieber ein anderes Mal schreiben.

Dein *Günter Biemer*

1 Kön 19,11–13

Der Herr antwortete: Komm heraus, und stell dich auf den Berg vor den Herrn! Da zog der Herr vorüber: Ein starker, heftiger Sturm, der die Berge zerriss und die Felsen zerbrach, ging dem Herrn voraus. Doch der Herr war nicht im Sturm. Nach dem Sturm kam ein Erdbeben. Doch der Herr war nicht im Erdbeben. Nach dem Beben kam ein Feuer. Doch der Herr war nicht im Feuer. Nach dem Feuer kam ein sanftes, leises Säuseln. Als Elija es hörte, hüllte er sein Gesicht in den Mantel, trat hinaus und stellte sich an den Eingang der Höhle.

Unterschiede

Sr. Deborah OSB

Gleichmäßig kühl
strömt die luft
aus der klimaanlage.
Unveränderlich,
mit leisem surren,
darauf kann ich mich verlassen.
Das ist vorhersehbar
aber so bin ich nicht.

Ich will hinaus,
auf eine neue stimme hören,
den frischen wind
vernehmen,
aufnehmen.
Dich will ich hören.

Hören
will ich auf den sturm,
der sich den weg bahnt gegen widerstände,
der berge zerreißt und felsen zerbricht,
der das welke dahinfegt und mit sich nimmt,
der aufwühlt und bewegung bringt
und der mich antreibt
mit gewaltiger kraft.
Da bist du.

Hören auch
das leise säuseln,
das sanft durch meine haare streicht,
das meine wange liebkost

eindringlich leise.
Auch das bist du.

Der Ruf des Hirten

Werner Tzscheetzsch

Ist es mir recht,
dass mich einer kennt?
Mich ruft
bei meinem Namen,
sanft und doch bestimmt?

Höre ich überhaupt den Ruf,
merke ich,
dass er mich kennt,
trotz der Nacht,
trotz der Dunkelheit der Missverständnisse,
der Angst und des Verlorenseins?

Mich kennen,
wie soll das gehen,
da ich mich ja manchmal
selbst nicht kenne?

Und: Was tut er,
wenn ich mich verstecke?

Dass mich einer kennt,
ganz kennt,
so wie ich bin,
das ist ein ganz entlastender Gedanke.
Da kann ich mich lassen,
entkrampft die Hüllen,
Masken fallen lassen,
ich sein ohne Anstrengung,
ohne ein Ich zu wahren,
das es gar nicht gibt, nur,
weil andere das sonst so von mir wollen.

Er kennt mich
und ist gut zu mir,

obwohl und gerade weil er mich kennt.
Barmherzigkeit und Güte werden spürbar,
Geborgenheit und Aufgehobensein.

Ich darf auch einmal
bockig mich versteigen,
er holt mich ein,
denn er kennt die Wege,
die ich da begehe.

Eines setzt mich in Erstaunen:
Er kennt mich mehr und besser
als ich ihn.

Sonne – du Licht- und Lebensspenderin

Werner Tzscheetzsch

Die Sonne geht auf – jeden Morgen –, eine blanke Selbstverständlichkeit, über die es sich nicht weiter zu reden lohnt. Und doch: Was wäre ich ohne die Sonne? Die Erde wäre ein kalter Planet, das Leben würde absterben, die Dunkelheit des Chaos würde sich ausbreiten. Ohne Sonne kein menschliches Leben, kein Licht, keine Wärme.

Die Sonne als Lebensspenderin, deren erste und letzte Strahlen ich aufsauge wie ein Schwamm. Die Sonne als Lichtspenderin, deren aufklärende Helle ich an trüben Herbst- und Wintertagen so sehr vermisse. Die Sonne als Kraftquelle, deren Energie mich im Frühling durchströmt und stärkt auch für die Zeit ihrer durch schwarz – graue dickbauchige Regenwolken verfinsterten Abwesenheit.

Der Sonne widmet der heilige Franziskus ein Lied:
den Sonnengesang.

Wir schreiben das Jahr 1225. Francesco Bernardone ist fast blind, er liegt von Krankheit gepeinigt nachts auf seiner Ruhestätte. In der Dunkelheit der Schmerzen und der Trostlosigkeit der Krankheit bleibt ihm das Sprechen mit Gott, das Gebet. In dieser Nacht erfährt Francesco trotz aller Mutlosigkeit und in der Gefahr des Selbstmitleids die Zuwendung Gottes, seine Güte oder – wie es die Sprache der Bibel sagt: Gottes Gnade. Er spürt tief in seinem Innern, dass er nicht verloren ist, dass die Dunkelheit nicht das letzte Wort hat, er spürt die Wärme der Liebe, das In-den-Arm-genommen-Werden, aufgehoben zu sein.

Wer so angenommen ist, öffnet sein Herz und seinen Mund: Lob und Dank strömen aus der Seele und verdichten sich im Lobpreis auf die Schöpfung:

„Du höchster,
allvermögender und guter Herr,

Dein sind die Preisungen, die Glorie und die Ehre und
alle Benedeiungen.
Dir allein kommen sie zu, und kein Mensch ist würdig,
Dich zu nennen."

Francesco ist 43 Jahre alt, er wird bald sterben. Krank und von der Blindheit bedroht, offenbart sein Gedicht sein gefülltes Leben: Er hat die Welt und alle Kreatur in sich aufgesogen in den guten Tagen, da er noch sehen konnte, er ist „voll" von Gottes guter Schöpfung, wie anders könnte er inmitten der Krankheitsqualen dichten:

„Gelobet seist Du,
Herre mein
mit allen
Deinen Geschöpfen."

So beginnt die zweite Strophe seines Lobgesanges, die der Sonne gewidmet ist, der „Herrin" und „Schwester", die Strophe, die dem ganzen Lobpreis den Namen „Sonnengesang" gibt. Gott loben mit der ganzen Kreatur, mit allen Tieren der Wiesen und des Waldes, mit allen Vögeln des Himmels, mit allen Fischen in den Bächen, Flüssen und Meeren, mit den Gestirnen und dem klaren Wasser, mit dem wärmenden Feuer, mit den Blumen und den Früchten des Feldes, Gott damit loben und danken. Das kann Francesco – und ich? Wie verkrustet bin ich dagegen in meinem Leben – „zu", sozusagen: Die Fülle des Lebens geht an mir vorbei, der Alltagstrott ist wichtiger: die Schule, die Arbeit, die Routine, die Geschäftigkeit. Augen zu und durch. Und dann trifft mich ganz unvermittelt ein wärmender Sonnenstrahl: ein nettes Wort, ein aufmunternder Blick, eine zärtliche Geste. Der Alltag wird durchbrochen durch Wärme der Begegnung. Francesco Bernardone hat sich einen Sinn bewahrt für das Gute in der Welt, für Gottes Schöpfung, für die Sonne – und er hat sich so eine Ahnung Gottes bewahrt, eine Ahnung seiner Güte und Wärme, die auch in der Dunkelheit noch Kraft gibt – gespeichert in meinem Innersten.

Die Sonne, das Licht, die Wärme, ohne sie können wir nicht leben. Sie sind seit Alters Sinnbilder für Gottes Liebe, ohne die unser Leben gar nicht denkbar wäre. Jesu Gesicht leuchtete bei der Verklärung auf dem Berg Tabor wie die Sonne, und seine Kleider wurden blendend weiß wie das Licht. Durchströmt von Gottes Gegenwart, beginnt er zu leuchten.

Auch Franziskus trägt ein solches Leuchten in Anfängen in sich und vermittelt es mir in seinem Sonnengesang:

Die Sonne geht auf, eine Selbstverständlichkeit – und doch ein Verweis auf den Schöpfer aller Dinge:

„Schön ist sie
und strahlend mit großem
Glanz von Dir, Du Höchster, trägt sie das Gleichnisbild.“

Der Sonnengesang

Franziskus, hrsg. Leonhard Lehmann

Höchster, allmächtiger, guter Herr,
dein sind der Lobpreis, die Herrlichkeit und Ehre
und jeglicher Segen.
Dir allein, Höchster, gebühren sie,
und kein Mensch ist würdig, dich zu nennen.
Gelobt seist du, mein Herr,
mit allen deinen Geschöpfen,
zumal dem Herrn Bruder Sonne;
er ist der Tag, und du spendest uns das Licht durch ihn.
Und schön ist er und strahlend in großem Glanz,
dein Sinnbild, o Höchster.

Gelobt seist du, mein Herr,
durch Schwester Mond und die Sterne;
am Himmel hast du sie gebildet,
hellleuchtend und kostbar und schön.

Gelobt seist du, mein Herr,
durch Bruder Wind und durch Luft und Wolken
und heiteren Himmel und jegliches Wetter,
durch das du deinen Geschöpfen den Unterhalt gibst.

Gelobt seist du, mein Herr,
durch Schwester Wasser,
gar nützlich ist es und demütig und kostbar und keusch.

Gelobt seist du, mein Herr,
durch Bruder Feuer,
durch das du die Nacht erleuchtest;
und schön ist es und liebenswürdig und kraftvoll und stark.

Gelobt seist du, mein Herr,
durch unsere Schwester, Mutter Erde,
die uns ernährt und lenkt
und vielfältige Früchte hervorbringt
und bunte Blumen und Kräuter.

Gelobt seist du, mein Herr,
durch jene, die verzeihen um deiner Liebe willen
und Krankheit ertragen und Drangsal.
Selig jene, die solches ertragen in Frieden,
denn von dir, Höchster, werden sie gekrönt werden.

Gelobt seist du, mein Herr,
durch unsere Schwester, den leiblichen Tod;
ihm kann kein Mensch lebend entrinnen.
Wehe jenen, die in schwerer Sünde sterben.
Selig jene, die sich in deinem heiligsten Willen finden,
denn der zweite Tod wird ihnen kein Leid antun.

Lobt und preist meinen Herrn
und sagt ihm Dank und dient ihm mit großer Demut.

Glaube

Simone Hiller

Ich glaube an Gott – manchmal. Die meiste Zeit über fällt es mir nämlich verdammt schwer, an Gott zu glauben. Einfach nur darauf zu vertrauen, dass es ihn gibt. Je länger ich darüber nachdenke, desto utopischer erscheint mir der Gedanke, dass es einen Gott geben soll, der diese Welt erschaffen hat, der sich mir zuwendet und an den ich mich wenden kann. Und wenn ich diesem Gedanken lange genug nachgehe, kann ich mich restlos davon überzeugen: Diesen Gott gibt es nicht. In solchen Momenten überschwemmt mich Leere.

Diese Leere ist stumm und taub; sie ist mir unangenehm und ich möchte aus ihr entfliehen.

Also mache ich mich auf die Suche nach jeder Kleinigkeit, die mir helfen könnte, diese Leere zu füllen. Ich mache mich auf die Suche nach einem Glauben. Natürlich ist das paradox: Ich bin rational überzeugt davon, dass es einen Gott nicht geben kann – und gleichzeitig suche ich fast verzweifelt nach Indizien, die doch auf ihn hindeuten.

Der Schlüssel liegt vermutlich darin, dass ich Gott mit Überlegen und Logik nicht erfassen kann. Denn bis jetzt ist die Leere immer irgendwann – meist ganz plötzlich, ohne dass ich sagen könnte, warum wieder verschwunden. Die Leere geht dann über in das Gefühl, getragen zu sein. Ein Gefühl, mich gegen alle vernünftigen Gründe einfach auf etwas verlassen zu können. Vertrauen zu können.

Ob ich an ihn glaube oder nicht, scheint mir dann auf einmal unwichtig – entscheidend scheint mir meine Einstellung: Indem ich Gott wider alle Vernunft suche, lasse ich mich darauf ein, dass es ihn wider alle Vernunft geben kann und ich mich auf ihn verlassen möchte. Das meine ich, wenn ich sagen kann: Ich glaube.

Und ich weiß: Morgen kann die Spirale aus Zweifel, Unglaube und Suche wieder von vorne beginnen.

Segen ist die Zuneigung Gottes

Num 6,24–26

Der Herr segne dich und behüte dich.
Der Herr lasse sein Angesicht über
dich leuchten und sei dir gnädig.
Der Herr wende sein Angesicht dir zu
und schenke dir Heil.

anstiftungen

Ich vertraue Dir

Günter Biemer

Wenn man an einer Trauungsfeier teilnimmt, an einem Hochzeitsgottesdienst, dann kann man hören, wie die beiden, Braut und Bräutigam, zueinander sagen: „Vor Gottes Angesicht nehme ich Dich zu meiner Ehefrau, nehme ich Dich zu meinem Ehemann". Sie versprechen einander Treue im Vertrauen darauf, dass das Wort, das einer sagt, auch vom andern so aufgenommen wird als ein gegenseitiges Vertrauen, bei dem sich jeder rückhaltlos äußert. In der Tat ist es ja eine Aussage, die nicht nur für einen Tag oder für eine gewisse Zeit gültig ist. Sondern eine Aussage, die zurückgreift auf die Zeit, bevor sie sich kennengelernt haben. Eine Aussage, die vorgreift auf die Zeit der nächsten Monate, der Jahre ohne Begrenzung. Deshalb gehört zum sich Kennenlernen, dass sie einander die Fotoalben ihrer Kindheit zeigen oder Bilder aus der Vergangenheit anschauen, um zu sagen: „Schau, so war ich damals! Das hab' ich damals erlebt! Und ich möchte Dir das mitteilen; denn ich möchte ja ganz gekannt werden von Dir. Unser Leben soll ein gemeinsames werden, in dem ich aus meiner ganzen Vergangenheit, aus all dem, der ich bin und der ich war, zu Dir gehöre. Mit der Familie, aus der ich komme, mit den Erlebnissen, die ich gehabt habe, bin ich so geworden, wie ich bin und so möchte ich Dir gehören. Ich, ganz ich selbst, lasse mich ein auf Dich und möchte das auch von Dir". – So beginnt die Geschichte, diese gemeinsame Geschichte auf dieser Grundlage des gegenseitigen Vertrauens.

Wenige Tage vor seiner Hinrichtung schrieb ein Mann, der in einer Staatsdiktatur zum Tode verurteilt worden war, an seine Frau: „Ich danke Dir für das grenzenlose Vertrauen, das Du mir entgegengebracht hast. Dadurch konnte ich durch alle meine persönlichen Rückschläge hindurch der werden, der ich heute geworden bin. Und ich kann sagen, dass ich dabei in den wichtigen Entscheidungen nichts zu bereuen habe und offenen Herzens vor Gott hintreten kann."

So ist Glaube aneinander der Spielraum, den sich zwei Menschen geben und den sie auch brauchen, so wie Pflanzen die Erde brauchen und die Luft.

Der Glaube aneinander ist der Spielraum, aus dem heraus ihre Gemeinsamkeit wächst und sich entwickelt. Dabei wird es viele Veränderungen und Spannungen, ja vielleicht Brüche geben.

Der Glaube aneinander und das Vertrauen, das sie trägt, müssen immer wieder neu angesetzt werden und müssen im Verlauf der Zeit breiter und tiefer greifen. Spannungen und Brüche, sie gehören zum Leben von uns Menschen. Muss nicht schon einer allein sein Leben aus Verfehlungen und immer wieder mit neuen Ansätzen gestalten? Muss nicht schon jeder allein für sich fragen: „Wie konntest Du denn das tun?“ oder vor seinen Spiegel hintreten, um zu fragen: „Wer bin ich denn, was soll denn aus mir werden?“ – Um wie viel mehr wird es solche Spannungen und Brüche auch geben, wo zwei oder drei oder vier Menschen miteinander leben. Wer garantiert, dass es letzten Endes gut ausgehen wird mit diesem Glauben und mit diesem Vertrauen zueinander? Diese Garantie kann kein Mensch übernehmen. Diese Garantie versuchen wir, mit ein und alles umfassendem Vertrauen zu erhoffen. Darum kommen Mann und Frau am Tage der Eheschließung vor Gottes Angesicht und sie wollen damit sagen: Dieses unser so hell klingendes „Ja“ ist ein „Ja“ voller Zaghaftigkeit und Brüchigkeit; und wir wollen es unterfangen lassen und getragen wissen von dem kräftigen und gewaltigen „Ja“, das Du zu den Menschen gesprochen hast zu Deinem auserwählten Volk, das Du so oft in der Geschichte zu einzelnen, zu Gruppen und Völkern gesprochen hast.

Jesus Christus begegnen

Christel Straub

Er sagt:
Ich bin der Weg, die Wahrheit
Und das LEBEN.
Er sagt:
Ich bin das LEBEN.
Das LEBEN wie es mir begegnet –
alltäglich
Arbeit, die mich fordert.
Konflikte, die nicht zu lösen sind.
Abschied, Trauer, Weltschmerz
Hoffnungslichter im Dunkeln
Begegnungen, Freude, Gelächter
Sonne und Schnee
Freude am LEBEN.
Nicht nur schönes, starkes, gutes LEBEN,
auch schwaches, trauriges, bedrückendes Leben.
Er ist
das LEBEN,
das auf mich zukommt,
und begegnet mir in
Ereignissen, die ich nicht steuern kann,
Aufgaben, an die ich mich gewöhnt habe,
Neuem, das mich beunruhigt.
Nicht Schicksal, nicht Zufall.
Er
Er ist das LEBEN
Und dieses LEBEN gilt es anzunehmen,
die kleinen Schritte zu tun
und immer neu zu wagen,
in der Einfachheit dieses Satzes
immer wieder neu zu entdecken
„Ich bin gekommen, damit sie das
LEBEN haben in Fülle“ (Joh 10,10)

Gott muss raus

Gisela Schieß

Gott muss raus aus der Kirche! Das ist meine feste Überzeugung. Und erst recht die Werte von Jesus wie Nächstenliebe, Hilfsbereitschaft, Vertrauen. Das muss alles raus.
Das soll natürlich nicht heißen, dass diese Werte verschwinden müssen.
Ich mein` damit nur, dass, ich das was ich in der Kirche denke und fühle, nicht dort zurücklassen will und weitermache wie immer. Ich muss das schon alles mit raus nehmen.
Ins Leben.

Jesus hat doch nicht für einen abgeschlossenen Raum gepredigt. Seine Worte sollten nicht nur eine schöne Dekoration für den Gottesdienst sein. Er hat daran geglaubt, dass die Menschen die Welt besser machen können. Und seine Worte sind Richtlinien dafür, wie das gelingen kann.
An mir selbst sehe ich leider oft, dass es ziemlich schwierig ist. Wenn ich mich zum Beispiel über andere aufrege. Da verstoß` ich ja genau gegen Jesu Lehre: Fehler zu verzeihen und jeden Menschen so anzunehmen, wie er ist.
Ich find` das gar nicht so einfach.

Aber genau dieser Gedanke ist für mich ein Ansporn, es immer weiter zu versuchen. Ich will anderen nach Fehlern eine Chance geben. Menschen unterstützen, die Hilfe brauchen. Offen und hilfsbereit auf Andere zugehen, so wie Jesus es vorgemacht hat. Deshalb nehm` ich Gott nach dem Gottesdienst bewusst mit mir mit. Nehm` Jesu Werte mit mir mit. Vom Gottesdienst raus, in mein Leben hinein.

Haben wir gelernt?

Albert Biesinger

Ich erinnere mich noch an 1976, als Theologiestudenten in Freiburg als „links“ galten, weil sie mit den Weinbauern gegen das Atomkraftwerk Wyhl demonstrierten.

Dass es mit ihrem Glauben an Gott den Schöpfer zu tun haben könnte, haben die meisten damals noch nicht gemerkt.

Schaust du noch oder siehst du schon?

Silke Breimaier

Der österreichische Schriftsteller Arno Geiger sagt: „Schauen ist gedankenloses Wahrnehmen. Sehen in einem tieferen Sinn, heißt das Geschaute zu deuten.“ Wow, habe ich bei diesem Satz gedacht. Ein Unterschied zwischen „Schauen“ und „Sehen“? – Habe ich noch nie drüber nachgedacht.

Aber ich finde die Überlegung gut. Wenn ich „schaue“, dann gukke ich in der Gegend rum und nehme einfach nur Eindrücke auf: Diese Eindrücke lösen aber nichts in mir aus, ich lasse das Geschaute einfach auf mich wirken. Wenn die Wirkung tiefer geht, dann beginnt das Sehen. Ich fange an zu denken, weil das Geschaute mich in irgendeiner Art und Weise bewegt. Das kann alles Mögliche sein, recht häufig jedoch sind es Menschen um mich herum, die mich zum Sehen bringen.

Wenn ich einen Menschen ansehe, wirklich bewusst, denke ich auch über ihn nach. Es bedeutet, dass ich versuche, ihn zu verstehen, mich in ihn hineinversetze. In diesem Moment bin ich dem Menschen nahe.

Ich finde es ganz spannend, zwischen Schauen und Sehen zu unterscheiden.

Dass sich das Ganze nicht genau trennen lässt, ist klar. Aber das muss man ja auch nicht. Vielleicht kann man es so zusammenfassen: Die meiste Zeit verbringe ich mit Schauen, ich nehme auf, bekomme einen flüchtigen Eindruck und vergesse wieder.

Manchmal aber ist das Geschaute so interessant, dass ich *weitersehe.*

Und wie ist‘s bei euch: Schaut ihr noch oder seht ihr schon?

Leben auf Kosten anderer

Werner Tzscheetzsch

Die Landschaft ist wunderschön: Tiefblau liegt der Titicacasee vor mir, der höchste schiffbare See der Welt im Hochland der Anden in Peru. In der Ferne leuchten die schneebedeckten Berge Boliviens. Die Luft ist klar und dünn. Auf den kargen Äckern sehe ich einige „Campesinos“ – so heißen hier die einheimischen Bauern – ihre schwere Arbeit mit mittelalterlich anmutenden Werkzeugen verrichten. Ihr Atem geht schwer, der Boden ist hart. Ich bin mit drei weiteren Theologen zu Gast in der Gemeinde Chucuito: Für zehn Tage sollen wir das Leben einer peruanischen Gemeinde kennenlernen. Wir führen Gespräche mit Diego, dem Ortspfarrer, einem gastfreundlichen Chilenen, mit Marco, einem „Campesino“, der für die Aus- und Weiterbildung der „animadores“ und „animadoras“ zuständig ist („animadores“ sind Laien, die in ihren kleinen Gemeinden Gottesdienste leiten, Kinder taufen und bei Eheschließungen assistieren, weil gerade so Kirche mitverantwortlich lebendig wird), mit jungen Priesteramtskandidaten und mit jener Frau, die im Auftrag der Kirche einer Arbeitsgruppe angehört, die sich um Menschenrechtsverletzungen kümmert und mühsame Schritte unternimmt, damit wenigstens ab und zu das Recht tatsächlich einem Gefolterten und Geschundenen zugesprochen wird.

In diesen Gesprächen tritt Erschütterndes zutage: Vom Hunger und der unbeschreiblichen Armut ist die Rede, von den Krankheiten, für deren Behandlung die Medikamente zu teuer sind, von der hohen Kindersterblichkeit, von der Gewalt von Terroristen, von den unglaublichen Ungerechtigkeiten, die durch Polizei und Justiz verübt werden. Ich bin oft maßlos traurig.

Schon in Lima war ich der grausamen Armut in den „pueblos jóvenes“, den riesigen Armutsvierteln in der Wüste, begegnet. Ich habe den jungen Mann kennengelernt, der beim Bau einer Hütte vom Dach gefallen war und jetzt unter einer Querschnittslähmung leidet, bei der ihm keinerlei medizinische Hilfe zuteil wird. Ich habe Hütten ohne Strom, ohne Wasser und ohne Abwasser besucht, in denen auf engstem Raum vielköpfige Familien hausen. Ich habe den Trinkwasserwagen gesehen, der verseuchtes Wasser anliefert, das gleichwohl viel Geld kostet. Ich habe eine galoppierende Inflation miterlebt, die den Menschen den letzten „inti“, das peruanische Geld, wertlos macht. Und ich habe einen Gottesdienst erlebt, bei dem der vielen spurlos Verschwundenen und ohne Prozess festgehaltenen Menschen im Gebet gedacht wurde. In Puno, einer größeren Stadt am Titicacasee, waren wir bei einem kirchlichen Rundfunksender mit dem schönen Namen „onda azul“ („blaue Welle“) zu Gast, dessen Sendemastverankerung vor kurzem in die Luft gejagt wurde, weil der Sender deutliche Berichte über die Armen gebracht hatte. Eine unbegreifliche Lebenssituation – gekennzeichnet durch Angst und Resignation.

Und ich? Ich komme aus einem reichen Land. Was kann ich tun? Zunächst: Ich muss mich dieser Wirklichkeit aussetzen, muss wahrnehmen, dass es diese Armut und Ungerechtigkeit gibt. Ich muss mich sachkundig machen über die internationalen wirtschaftlichen Verflechtungen, die den armen Ländern zum Nachteil gereichen, sie ausbeuten und ausplündern. Und ich muss damit rechnen und darf nicht darüber klagen, dass ich etwas abgeben muss, dass mein Lebensstandard nicht weiter steigen kann, wenn wir durch eine Veränderung der Weltwirtschaftsordnung wirklich zum Teilen bereit werden.

Und noch eines: Ich kann viel lernen von der „Kirche der Armen“, von ihrem Mut, sich unbedingt den Menschen zuzuwenden, denen es dreckig geht. Von den Bäuerinnen und Bauern, die ihren Glauben selbstbewusst und selbstverantwortlich leben, sich für ihre Gemeinden verbrauchen, damit dort die Menschen mit ihren Sorgen und Nöten zu Wort kommen, einen Raum finden, in dem sie gemeinsam über Veränderungen nachdenken können. Von den Frauen und Männern, die die Heilige Schrift lesen, obwohl ihnen das Lesen oft schwerfällt, und sich danach fragen, was die gute Botschaft mit ihrem Alltag und ihrem Leben zu tun hat.

Als ich zurück in der Heimat war, fiel mir eine Geschichte ein, die ich vor langem einmal gehört hatte: Eine deutsche Entwicklungshilfeorganisation hatte Partnerinnen und Partner aus der Dritten

Welt zu Besuch in die Bundesrepublik Deutschland eingeladen. Im Rahmen dieses Besuchsprogramms war auch ein festliches Abendessen angesagt. Bei diesem Essen wurde einem deutschen Entwicklungshilfeorganisator auf einmal der Widerspruch deutlich: hier der reichlich gedeckte Tisch und dort in den Ländern, aus denen die Besucher kamen, die massenhafte Armut und der bohrende Hunger. Und er entschuldigte sich: Solche aufwendigen Mahlzeiten in festlichem Rahmen seien bei uns halt so üblich. Da meldete sich einer der Gäste zu Wort: Uns stören nicht eure Feste, uns stört euer Alltag! Was also, das ist die Frage, können wir tun, dass sich unser Alltag so ändert, dass wir das Teilen lernen? Dass wir nicht auf Kosten anderer leben?

Umweltverschmutzung

Werner Tzscheetzsch

Der Rhein vergiftet,
die Luft verschmutzt,
der Boden verseucht,
der Wald kaputt,
die Milch verstrahlt.

Ist ja alles nicht so schlimm,
Du Panikmacher,
sagen die einen.

Da kann man ja doch nichts machen,
Du Utopist,
sagen die anderen.

Kümmere Dich um Deinen eigenen Dreck,
Du Spinner,
sagen die dritten.

Ich bringe meine alten Batterien
immer in den Abfallbehälter,
Du Weltverbesserer,
sagen die Selbstbewussten.

Du, hast Du davon gewusst?
Was hast Du, verdammt noch mal,
getan?
Fragen mich meine Kinder –
vielleicht schon in zehn Jahren.

Lebensmittel – Mittel zum Leben?

Albert Biesinger

Als ich zum ersten Mal aus Peru zurückkomme, gehe ich durch die Fußgängerzone und denke: „Die spinnen alle“. Berge von Wurst, Brot, feinste Boutiquen, stolzierende Menschen. Ich sehe meine Freunde aus den Elendsvierteln in Peru – es zerreißt mich.

Nach einigen Wochen: Die überquellenden Lebensmittelregale – ich bin in Gefahr, mich an sie zu gewöhnen, einfach mit zu spinnen.

Tretmühle

Werner Tzscheetzsch

Eingespannt wie in einen Schraubstock, den Kopf zwischen die Hände gepresst, die Lippen aufgeschwollen, schweratmend hängt der Mensch in der Tretmühle. Die Füße treten die Mühle, unentwegt, schier endlos – zu welchem Zweck, mit welchem Sinn? Das Bild stellt mir die Frage: In welcher Tretmühle stecke ich?

In welchen Schraubstock lasse ich mich einspannen: Konsumdruck, Resignation und Ohnmacht, politische Apathie und gesellschaftliche Ausweglosigkeit?

Oder: Spanne ich andere ein – für meine Zwecke? Jeden Tag, jede Stunde stehen Menschen auf den Tretmühlen der Folter, der unmenschlichen Lebensbedingungen, des Hungers und der Armut – sich ständig weiter bewegend – mit welchem Erfolg?

Christsein heißt, zur Freisetzung anderer beizutragen, weil Christus die Freisetzung seiner Schwestern und Brüder begonnen hat: Er hat die Menschen aus den Zwängen und dem Alltagstrott freigesetzt – aus Zwängen von Krankheit und Schuld, aus dem Alltagstrott der Vorurteile. Und wir sind der fortlebende Christus. In uns will er sich zeigen.

Chancen ohne Perspektiven?

Christina Sick

„Wer zweifelt, verliert. Du bleibst vielleicht auf den entscheidenden Metern ein paar Sekunden zu lange stehen und die anderen ziehen davon.“ Weil er keinen Bock mehr auf die vielen Praktika hat, muss sich Jan von seinem Kumpel diesen Spruch anhören. Aber das macht ihm auch keinen Mut weiterzumachen. Jan ist der Held eines Romans, den ich gerade lese. Und so wie sein Leben bisher läuft, geht es nur darum, sich die besten Karrierechancen zu sichern. Jan hat jetzt alle Chancen – aber keine Perspektive.

Er zweifelt am Ziel: Er weiß nicht mehr, wozu das alles. Karriere um jeden Preis, selbst wenn es Freundschaften kostet? Er sucht nach einer neuen Perspektive. Etwas, was seinem Leben und dem, was er so tut, Sinn gibt. Mir gefällt, dass Jan den Mut hat, das Hamsterrad mal anzuhalten. Er denkt nach, worauf es in seinem Leben ankommen soll.

Meine Perspektive als Christ ist, dass Gott mich und alle Menschen liebt. Darum geht es nicht bloß um Wettbewerb und Karriere. Es geht z.B. auch darum, mich für andere einzusetzen. Worauf es im Leben ankommt, muss aber jeder für sich selber rausfinden. Deshalb behaupte ich: „Wer zweifelt, gewinnt!“ – Wenn ich an der entscheidenden Kreuzung nämlich nicht stehen bleibe und überlege, wo ich hin will, stehe ich am Ende vielleicht am falschen Ziel. Und dann bringt es auch nichts mehr, dass ich als erster dort angekommen bin.

Ehrfurcht vor Gott

Werner Tzscheetzsch

„Alt zu werden, ist schwer, alt zu werden, ohne etwas für seine Schwester oder seinen Bruder getan zu haben, ist schrecklich. Ich fürchte keinen Menschen, ich fürchte Gott." Mit diesen Worten beendet Zenaida Fernandez Hernando aus Peru, Vorsitzende des Komitees für Familien von Verhafteten, Verschwundenen und Flüchtlingen, ihren Sonntagsabendvortrag in der Katholischen Akademie. Wie immer bei solchen Veranstaltungen über die unvorstellbar schrecklichen Menschenrechtsverletzungen in diesem von der Welt vergessenen Land werden Fragen gestellt. Eine davon lautet: „Was können wir hier tun?"

Und Zenaida Fernandez Hernando wird sehr konkret: Briefe schreiben an den Staatspräsidenten und den Innenminister, zur peruanischen Botschaft in Bonn fahren, nachfragen, aufmerksam machen, keinen und niemand in Vergessenheit geraten lassen.

Ja, das kann ich tun. Das ist konkret. Hier geht's um mich. Ich bin gefragt. Ich kann nicht flüchten in die oft gehörte Formel „da kann man ja doch nichts machen". Aber werde ich es auch tun? Werde ich meine Tränen in Taten verwandeln, meine Betroffenheit im Briefschreiben münden lassen? Meine vermeintliche Ohnmacht durch einfache, aber doch wirksame Aktionen bekämpfen?

Ich kenne mich: Am Anfang ist der Tatendrang noch ungebrochen, doch dann kommt der gefräßige Alltag, der mich an so vieles andere denken lässt, die Bequemlichkeit, die Verdrängung.

Ich werde unaufhaltsam älter: Älter zu werden, ohne etwas für seine Schwestern und Brüder getan zu haben, ist schrecklich, das sagt mir die Frau aus Peru. Und es ist mangelnde Ehrfurcht vor Gott. Gott die Ehre zu geben heißt, sich hier und heute einzusetzen gegen die eigene Bequemlichkeit, gegen die drohende Verdrängung, gegen die Furcht vor den Menschen. Den Namen Gottes zu ehren heißt, meinen eigenen kleinen Beitrag zur Rettung der Menschenwürde zu leisten, denn alle, wir alle, sind Ebenbilder Gottes.

Wahre Demut

Günter Biemer

Wahre Demut ist eine gewaltige Kraft.
Sie hält einem den Rücken frei,
weil man sich damit an Gott anlehnt.

Liebe Doro,

Günter Biemer

Viele Menschen, die sich durchaus als religiös bezeichnen und es auch sind, halten es für unwichtig, welchen Namen Gott hat. Rings um die Erde gibt es viele Religionen, und in jeder hat Gott einen anderen Namen. Da diese Namen meist von Menschen gegeben werden, auch wenn sie aus sehr langer Tradition kommen – was werden sie letzten Endes wert sein, wenn sich Gott selbst den Menschen zu erkennen gibt?

Andererseits hat gerade Jesus auf den Namen Gottes besonderen Wert gelegt. Und an Jesus ist den Menschen in ihrer vieltausendjährigen Geschichte am deutlichsten aufgegangen, wer Gott für sie ist. In dem Gebet, das er selbst geformt und seinen Freunden anvertraut hat, heißt die erste Aussage „Geheiligt werde dein Name". Ich muss gestehen, dass ich über viele Jahre, ja Jahrzehnte meines Lebens nicht verstanden habe, was Jesus damit eigentlich meint. Aber seit ich mich mit der jüdischen Tradition des Christentums befasst habe, ist mir das sehr deutlich aufgegangen. Denn nach der jüdischen Tradition heiligt jemand den Namen Gottes, wenn er sozusagen bis zum Letzten zu Gott steht. Dass sich Jesus trotz der Todesdrohung seiner Richter vom Bekenntnis zu seiner Sendung nicht abgewandt hat, zeigt, dass ihm Gott heilig ist. Dass er Gott heiligt.

„Geheiligt werde dein Name" ist also nicht nur und noch nicht mal in erster Linie eine Sache des Redens über Gott. Es geht darum, von der Treue zu Gott im eigenen Leben Zeugnis abzulegen.

An einer Geschichte aus der Zeit des Zweiten Weltkriegs ist mir dies besonders aufgegangen. Ich nenne sie die Geschichte des „unbekannten Märtyrers von Gurs". Gurs war ein Konzentrationslager in den Pyrenäen auf französischer Seite, nicht weit vom Wallfahrtsort Lourdes entfernt. Dort waren zwischen 1940 und 1942 Tausende von Juden auf unmenschliche Weise zusammengesperrt worden. Im August 1942 begannen Transporte aus verschiedenen Konzentrationslagern Frankreichs zur sogenannten Endlösung der Judenfrage, d.h. also zur Ermordung von Millionen von Juden in den großen Todeslagern von Auschwitz, Treblinka, Majdanek usw. Gurs, in einem südfranzösischen Departement gelegen, war das Lager, in dem unter anderem die Juden aus Baden und der Pfalz eingesperrt worden waren und von wo aus sie deportiert wurden. Ein Mannheimer Arzt schildert in seinen Aufzeichnungen die Szene:

„Ich führe euch in eine Baracke, deren dunkler Raum voller Menschen ist. Aus der Masse des Hintergrundes ist nur eine kleine Anzahl als Menschen zu erkennen. Sie starren mit rätselhaft suchenden, mit fragenden, mit matten, mit traurigen Augen in den helleren Vordergrund... Sie wissen alle, wozu sie aufgerufen werden, wenn die Lastwagen da sind.

Unter den Wartenden sitzt eine Frau. Man sagt ihr, dass ihr Mann nach Jahren wiedergefunden wurde und morgen ins Lager komme. Der Chef der Sicherheitspolizei, der eine Reihe von Namen vorgelesen hat, die nicht zum Transport müssen, fragt die eben Freigewordenen, ob sich jemand anstelle der Frau freiwillig für den Transport melde. Unter ihnen ist ein blasser, abgemagerter junger Mann, er hat zwei hellblaue Augen, die trotz der Befreiung traurig aussehen. Er ist sehr schwach. Ich kenne ihn aus einer der Baracken, in denen die Leute mit Hungerödemen untergebracht sind. Ich kenne ihn auch von der Bühne. Er ist Schauspieler. Man spielte auf Bretterpodien mit ein paar Lagerdecken als Kulissen...

– Jemand schaute auf den Schauspieler; der Chef der Sûreté fragte ihn. Der junge Mann kämpft mit sich und schüttelt leise verneinend den Kopf. Die Frau schluchzt und sinkt in sich zusammen.

Da hört man kurz und präzise die Worte: ‚So, jetzt fertigmachen‘. Es beginnt die Unruhe des Aufstehens, des Gepäckordnens ... Was geht in dem jungen Mann vor? Er reckt mit einem plötzlichen Ruck den Kopf in die Höhe... Aus einer anderen Welt spricht seine Stimme plötzlich sanft und laut zugleich, jedes Wort einzeln, getrennt von den anderen. Nur drei Worte hat die Botschaft: ‚Ich gehe mit!‘ – Es werden die Namen aufgerufen, die Opfer steigen mit ihrer armseligen Habe ein ... Die Camions fahren weg, in die Nacht hinaus, zum Bahnhof Oloron, von Oloron nach Drancy und von dort ..." nach Auschwitz.

Indem der junge Mann für jene Frau eingesprungen ist, hat er stellvertretend gehandelt. Dafür gibt es viele Beispiele in der hebräischen Bibel, und uns als Christen hat es Jesus selbst so gezeigt. Gott erweist sich dabei als Ausweg aus dem Tod, als der ganz andere. Anders als wir Menschen.

Wer glaubt, dass Gott Auswege hat aus dem Tod, und deswegen den Tod nicht fürchtet, der „heiligt seinen Namen". Wer von der Existenz und Lebendigkeit Gottes überzeugt ist und davon sein Leben bestimmen lässt, der „heiligt seinen Namen". Wer trotz aller menschlich verständlichen Angst vor dem Tod bezeugt, dass Gottes Treue zu uns Menschen über den Tod hinausgeht, der „heiligt seinen Namen", denn er macht mit seinem eigenen Leben oder Sterben deutlich, dass er treu zu Gott hält. Oder besser, dass er aus dem Glauben lebt, dass Gott treu zu ihm hält. Jesus hat das so gesagt: „Wer sich zu mir vor den Menschen bekennt, zu dem werde ich mich bekennen vor meinem himmlischen Vater" (Mt 10,32).

Gottes Name – einstmals hatte Mose Gott nach seinem Namen gefragt, als er von ihm beauftragt wurde, den Stamm Jakobs aus der Sklaverei herauszuführen in die Freiheit. Damals hat ihm Gott zur Antwort gegeben, er sei der „Ich bin da für euch". Es steckt eine intensive Zuneigung Gottes in dieser gewiss ungewöhnlichen Namensnennung. Und die frommen Juden haben von damals bis auf den heutigen Tag die Buchstaben jener Selbstaussage Gottes ohne Vokale geschrieben, um sie nicht auszusprechen. Das ist die eine Seite, wie Gottes Name nicht missbraucht werden soll. Doch darin steckt die Ehrfurcht, die nicht beim Sprechen, nicht beim Umgang mit Worten und Begriffen haltmacht. Sie bezieht den ganzen Menschen ein in das Gottesverhältnis.
Dass er „für uns da" ist, das ist die große Verheißung.

Dein Günter Biemer

Versöhnung

Christel Straub

Liebe wird konkret,
wird schwer,
kostet mich was, wird Arbeit.
Nicht stehen bleiben will ich
bei meinen Vorurteilen,
meinen guten Gründen, meinem Groll,
meiner Härte.
Neues soll wachsen,
neues Vertrauen,
neues Zusammen,
neues Leben –
Wie ein neugeborenes Kind
Hoffnung bringt in die Welt –
ungeachtet aller Bedrohung –
Hoffnung, dass Leben gelingt.
Versöhnung –
einer hält die Hand hin
einer macht den ersten Schritt
einer fängt von vorn an
einer lässt sich herab
einer gibt nach
einer sagt das erlösende Wort –
und etwas beginnt zu wachsen:
Liebe in den Herzen von Gegnern,
Freude in den Augen von Kindern und Armen,
Hoffnung für Ausgestoßene und Kranke,
Freiheit für Gefangene,
Himmel.

Zur Hochzeit

Albert Biesinger

Liebe Eva, lieber Peter,

wenn es Spuren für Gott gibt, dann könnte dieser Tag eine solche Spur für Euch und für mich sein, wenn ich genügend hinhorche und die alltäglich verengten Denkhorizonte aufbreche. Die Liebe zwischen Frau und Mann ist eine solche Spur für das Geheimnis des menschlichen Lebens, für das Geheimnis Gottes, denn Liebe zerreißt die Isolation des Alleinbleibens, sie überschreitet die Grenzen des Selbst, die Grenzen auch des Todes. Deinen Namen habe ich in meine Hand geschrieben – mein bist Du (Jes 43,1). Diese Zusage Gottes lässt sich auf Euch beide erweitern. Ihr seid gemeinsam eine neue Qualität. Eure Liebe zueinander weist über Euch selbst hinaus: Sie ist Abbild der Liebe Gottes.

Das Zeichen, das Ihr heute vollzieht, ist bedeutsam. Eure Worte sind nicht wie Schall und Rauch, sie schaffen eine neue Wirklichkeit, ein Sakrament. Ein Zeichen also des Handelns Gottes an Euch. Ihr sprecht Euch und uns zu: Gott hat mit unserer Beziehung zu tun.

Wir öffnen uns für die Dimension, die wir mit den bescheidenen Möglichkeiten unserer Sprache „Gott" nennen. Damit werdet Ihr auch für uns zum Zeichen.

Indem Ihr Euch zu uns offenhaltet und uns zu Eurer Hochzeit einladet, sagt Ihr uns: Ihr seid hier keine Zuschauer. Wir wollen Euch Anteil geben an der Zuwendung, die sich zwischen uns entwickelt hat. Wenn wir zwei uns aufeinander zu bewegen, heißt das nicht, dass wir uns von Euch wegbewegen und uns abkapseln.

Indem wir alle keine Zuschauer sind, sind wir eingeladen, uns in dieses sakramentale Geschehen der Zuwendung Gottes zu den Menschen durch Euch beide einzulassen. Ihr sammelt uns durch Euer Ja-Wort, seinen Tod zu verkünden, seine Auferweckung zu preisen, bis er Eure Liebe und uns alle vollendet.

Es ist in der Tat ein Fest, das Ihr uns damit bereitet. Dieses Fest, wir werden es so rauschend wie möglich mit Euch feiern.

Das Reich Gottes ist wie ein Hochzeitsmahl. Aber noch ist das Reich Gottes erst angebrochen. Aufgeschienen ists jedoch: Wir werden mit Euch im Geschenk dieser Stunde tatsächlich „Auserwählte und Geliebte Gottes“. Ihr setzt für uns ein Zeichen der Hoffnung: Gottes Zuwendung zu Euch und uns hat sich heute gezeigt.

Zeit

Simone Hiller

Vor zwei Jahren hat mir eine Freundin zu Weihnachten eine kleine Schachtel geschenkt. Die Schachtel ist innen leer und auf dem Deckel steht in großen Buchstaben einfach nur „ZEIT“.

Eine kleine Schachtel voll Zeit für etwas, für das ich normalerweise keine Zeit aufbringe. Zum Beispiel Zeit, die ich mit meinen Freunden verbringen kann, Zeit, in der ich mich entspannt in die Badewanne lege oder auch Zeit, in der ich mich bei meinen Großeltern melde, die schon lange auf einen Anruf warten.

Eigentlich ist dieses Geschenk viel zu kostbar, um es zwei Jahre lang auf dem Nachttischchen stehen zu lassen. Ich sollte endlich damit anfangen es zu nutzen. Mir einfach ein bisschen Zeit zu nehmen. Das Schächtelchen kann meinen Tag natürlich nicht auf 25 Stunden verlängern oder einfach die Uhr anhalten. Aber es erinnert mich daran, dass ich mein Leben nicht als Hetzjagd leben will.

Zwischendurch muss auch Zeit frei bleiben für meine Freunde und für mich. Es liegt nur an mir, dass ich mir Zeit nehme. Nur ich kann etwas ändern und sie mir nehmen, sonst werde ich nie genug Zeit haben.

Verantwortung macht Sinn

Günter Biemer

Wenn uns die Unschuld
betrogener, misshandelter oder ermordeter Menschen
und die Schuld
ihrer Betrüger, Schläger oder Mörder
gleich-gültig wäre,
weil nach dem Leben
sowieso
nichts kommt,
hätte das Leben
keinen Sinn.

Soll das Leben
einen Sinn haben,
darf mit dem Tod
nicht alles aus sein.
Dann ist es nicht
gleich-gültig,
ob ich verantwortlich handle
oder nicht.

Entschiedenheit

Clemens Schaub

Jesus war kein
Sowohl-als-auch-Typ.
Er hat Gerechtigkeit gefordert
und nicht noch ein bisschen
Ungerechtigkeit zugelassen,
weil es populärer war.
Er hat die Armen selig genannt
und nicht zum Ausgleich
auch noch die Reichen.
Er hat Nächstenliebe gelebt
und nicht aus Taktik
Ausländer-raus gesagt.
Er hat Frieden gefordert,
und nicht aus Wohlgefallen
aber sichert euch ab.

Er ist nicht
ein bisschen
am Kreuz gestorben.
Gott sei Dank:
Er hat seiner Rede
die Spitze nicht abgebrochen.
Er ging nicht durch
die Schule, der
Sowohl-als-auch-Christen.
Er hat
wider alle Ausgewogenheit
Partei ergriffen und gefordert:
Euer Ja sei ein Ja,
euer Nein ein Nein;
alles andere
stammt vom Bösen.

Warten

Günter Biemer

Worauf wartest du?

Es gab Leute, die auf Gott gewartet haben, und es gibt sie immer noch. Johannes der Täufer wartete auf Gott in der Jordanebene. Es war ihm eine dringende Sache geworden, auf Gott zu warten und die Leute auf Gottes Kommen hinzuweisen. Er fürchtete, sie könnten es überhören, dass Gott seine Nähe angekündigt hatte. Seine Botschaft lautet: Bereitet Gott den Weg! Gebt ihm eine Chance in eurem Leben, damit er euch eine Chance zum Überleben gibt.

Das ist eine ergreifende, aufrüttelnde Sache. Zusammen mit den genauen Daten: „Im 15. Jahr der Regierung des Kaisers Tiberius, als Pontius Pilatus Statthalter von Judäa war, Herodes Tetrarch von Galiläa ...“, damals wartete einer auf das Kommen Gottes. Später waren es andere. Immer wieder gab und gibt es Menschen, die auf Gott warten. Propheten, Mönche, Nonnen. Wenn man durch die Gänge ihrer Klöster geht, hat man durchaus den Eindruck: in dieser Stille herrscht Erwartung. Das Ganze des Lebens hat noch nicht stattgefunden, sondern steht noch bevor. Hier warten Menschen auf Gott.

Ich weiß nicht, wie es dir geht. Würde man es dir anmerken, dass du auf Gott wartest?

Manchmal warten Leute an der Omnibus-Haltestelle, andere am Bahnhof. Da sind solche, die mit dem Zug wegfahren wollen, und andere, die auf die Ankunft eines Zuges warten. Menschen steigen aus. Begegnung, Umarmung. Händeschütteln, Schmunzeln, Lachen, Tränen, Koffertragen, gemeinsames Weggehen. – Angekommen! Eine Erwartung ist erfüllt – wenigstens vorläufig. Warten? Ja, – Kinder warten: auf die Ferien, auf Weihnachten, aufs Größerwerden. – Jugendliche warten: auf die Freundin, auf den Freund, auf eine Party, aufs Erwachsenwerden, auf einen Menschen, der sie versteht. – Erwachsene warten: auf eine bessere Wohnung, auf bessere Bezahlung, auf die Geburt eines Kindes.

Kranke warten auf ihre Gesundung. Arbeitslose auf eine Arbeitsstelle. Ältere Menschen auf ihre Pensionierung und Ruhezeit. Manch einer wartet auf den Tod. Warten? Das ganze Leben besteht in Erwartungen. Das ist nicht nur bei einzelnen so in ihrem Lebensbereich, sondern auch in Gruppen und Gemeinschaften. Wir warten auf das Ende der Kriege in der Welt. Auf das Verstehen der Konfessionen und Religionen untereinander. Darauf, dass sich das Nord-Süd-Gefälle einebnet und niemand mehr zu hungern braucht in dieser Welt. Unser ganzes Leben ist voll Erwartung. Die einzelnen Ereignisse und Erfüllungen reichen nicht aus, um das Warten abzuschließen. Auch wenn im Einzelnen eingetroffen ist, was wir erwartet haben, gibt es neue Erwartungen. Immer wieder sind wir am Warten von der Kindheit bis ins hohe Alter. Die Sehnsucht des Menschenherzens ist größer als jede Erfüllung, die es in dieser Welt finden kann.

Worauf wartet der Mensch überhaupt? Wie muss die Erfüllung beschaffen sein, die der Unruhe in unserem Herzen Frieden und Ruhe schenkt, sodass wir die Erfahrung machen: Wir sind angekommen, endgültig.

Da schreibt Paulus in einem Brief an die Christen in Rom, „dass die Leiden der gegenwärtigen Zeit nichts bedeuten im Vergleich zu der Herrlichkeit, die an uns offenbar werden soll. Denn die ganze Schöpfung wartet sehnsüchtig auf das Offenbarwerden der (Töchter und) Söhne Gottes“ (Röm 8,18f.). In einem anderen Brief sagt er: „Was kein Auge gesehen und kein Ohr gehört hat, was keinem Menschen in den Sinn gekommen ist: Das Große, das Gott denen bereitet hat, die ihn lieben“, das habe er zu verkündigen (1 Kor 2,9). – Doch was hat diese große Erwartung auf die Veränderung der ganzen Welt durch das Kommen Gottes mit unseren kleinen und alltäglichen Erwartungen zu tun? Ich möchte es an einem Märchen erläutern.

In der Erzählung vom kleinen Prinzen bei Antoine de Saint-Exupéry wird davon erzählt, wie der Fuchs und der Prinz Freunde werden. Sie vereinbarten, dass der Prinz jeden Tag komme und dass sie sich täglich ein wenig näher zueinander setzen wollten. Und dies immer um dieselbe Stunde. „Wenn du zum Beispiel um vier Uhr nachmittags kommst“, sagte der Fuchs, „kann ich um drei Uhr anfangen, glücklich zu sein“. Das Warten kennt seine Steigerung. – So wurden die beiden Freunde. – Als die Zeit des Abschieds kam, sagte der Prinz zum Fuchs:

„Nun wirst du weinen!“ – „Bestimmt“, sagte der Fuchs.

– “So hast du also nichts gewonnen!“ – „Ich habe“, sagte der Fuchs, „die Farbe des Weizens gewonnen“; denn das Gold der Weizenfelder – das bis dahin für den Fuchs bedeutungslos gewesen war – wird ihn immer an seinen Freund erinnern.

So ist es auch mit dem Warten im menschlichen Leben. Die kleinen und großen Erwartungen erinnern uns daran, dass das größte Glück aussteht und die größte Erwartung noch offen ist. Aus den Erwartungen und ihrer Erfüllung gewinnen wir das Erlebnis des Glücks. Wir machen die Erfahrung unserer selbst und gewinnen Selbstvertrauen. Zugleich aber spüren wir, dass wir für das große Glück offen und daraufhin unterwegs sind. Worauf also warten die Menschen? Johannes der Täufer sagte: „Alle Menschen werden das Heil sehen, das von Gott kommt“. (Lk 3,6) – Damit diese letzte Erfüllung aller Erwartungen eintreten kann, ruft Johannes die Menschen auf, die Wege zu Gott und Gottes zu uns zu bereiten:

Bereitet den Weg für Gott durch Versöhnung! Macht die krumme Straße des Egoismus gerade! Füllt die Täler der Ablehnung und des Hasses! Ebnet die Hügel der Vorurteile ein. Dann lernt ihr ein neues Denken und Handeln. Und ihr werdet die Nähe Gottes zu erfahren bekommen. Wie ein Blitz aufleuchtet von einem Ende des Himmels bis zum andern, so wird euch Gott aufgehen.

Literaturangaben zur Ursprungsreihe

G. Biemer, A. Biesinger, W. Tzscheetzsch, anstiftungen. Ein Hoffnungsbuch für junge Menschen, Freiburg i. Br. [6]1986.

G. Biemer, W. Tzscheetzsch, wegmarken. Ein Orientierungsbuch für junge Menschen, Freiburg i. Br. 1989.

G. Biemer, W. Tzscheetzsch, wagnisse. Ein Lebensbuch für junge Leute, Freiburg i. Br. [3]1989.

G. Biemer, W. Tzscheetzsch, wandlungen. Ein Symbolbuch für junge Menschen, Freiburg i. Br. 1987.

G. Biemer, W. Tzscheetzsch, verletzungen. Ein Protest- und Trostbuch, Freiburg i. Br. 1992.

Inhalt

Bibliografische Information Der Deutschen Bibliothek
Die Deutsche Bibliothek verzeichnet diese Publikation in der Deutschen Nationalbibliografie; detaillierte bibliografische Daten sind im Internet über *http://dnb.ddb.de* abrufbar.

ISBN 978-3-87620-400-0

Umschlag und Layout: Kluck, Höhr-Grenzhausen
Druck: PBtisk s.r.o., Tschechische Republik